W0374682

allie

Meg Cabot

allie

LA NOUVELLE ÉCOLE

hachette
ROMANS

Illustrations de Anne Guillard

L'édition originale de cet ouvrage
a paru en langue anglaise
chez Scholastic Press,
sous le titre :
Allie Finkles's Rules for Girls – Moving Day

© Meg Cabot, 2008, pour le texte.
© Hachette Livre, 2009, pour la traduction française,
et 2021 pour la présente édition.
Hachette Livre, 58 rue Jean Bleuzen, 92170 Vanves.

À tous ceux et celles
qu'on a embêtés à l'école

Merci à Beth Ader, Rachel Breinen, Jennifer Brown, Barbara Cabot, Michele Jaffe, Laura Langlie, Abigail McAden, et surtout à Benjamin Egnatz

Règle n° 1

Le jour de la rentrée dans une nouvelle école, il faut bien s'habiller, pour que les autres aient envie de faire votre connaissance.

Pour le jour de la rentrée dans ma nouvelle école, j'avais décidé de porter une jupe par-dessus mon jean, mais ma mère n'était pas d'accord.

— Non, Allie. Tu peux mettre une jupe *ou bien* un jean. Mais pas les deux en même temps.

Je me serais bien passée de son avis. Déjà que j'avais le ventre noué : dans moins d'une heure, j'allais franchir la porte de l'école primaire de Pine Heights, où je serais *La Nouvelle*.

Je lui ai expliqué que ma jupe plissée se soulevait quand je tournais sur moi-même, et je trouvais l'effet tellement joli que je voulais le montrer à l'école. Mais qu'arriverait-il si je grimpais au portique de la cour pendant la récréation et que je faisais le cochon pendu ?

Attention, je n'étais pas *sûre* de faire le cochon pendu, je dis juste que *si* je le faisais, en jupe, tous les garçons verraient ma culotte.

C'est le genre de choses qu'on préfère éviter, le premier jour dans une nouvelle école, non ?

Comment ma mère ne voyait-elle pas que cela pouvait poser un problème ? Un problème pour lequel j'avais trouvé une solution très simple : en portant un jean sous ma jupe.

— Mets plutôt des collants ! a suggéré ma mère. Ou bien un legging.

C'était une bonne idée. Sauf qu'on avait emménagé l'avant-veille dans notre nouvelle maison et que mes vêtements n'étaient pas encore tous déballés. J'ai rappelé à ma mère qu'on ne trouvait pas le carton des collants et des leggings – et des pyjamas –, mais seulement celui qui contenait mes jeans et mes jupes.

Il n'y avait pas que mes collants, mes leggings et mes pyjamas qu'on ne trouvait pas. Impossible non plus de mettre la main sur le sèche-cheveux, les bols à céréales, ou les casseroles.

Pour les casseroles, ce n'était pas très grave, puisque la nouvelle cuisinière n'avait pas encore été livrée, et qu'on ne pouvait donc rien faire chauffer.

Personnellement, je ne voyais pas pourquoi ma jupe plissée n'irait pas avec un jean. Ça faisait très joli, au contraire, et c'est la raison pour laquelle j'avais décidé de les porter le jour de la rentrée.

Parce que *Le jour de la rentrée dans une nouvelle école, il faut bien s'habiller, pour que les autres aient envie de faire votre connaissance.* C'est une règle fondamentale.

La première impression compte beaucoup. Tout le monde sait ça. En fait, j'avais déjà visité ma nouvelle école, et rencontré ma nouvelle maîtresse (Mme Hunter) et quelques-unes de mes futures camarades (Caroline, Sophie, et bien sûr Erica).

Et j'étais déjà allée chez Erica, et elle chez moi, vu qu'on habitait tout près. Mais je ne connaissais pas vraiment Caroline et Sophie (même si le jour de ma visite à l'école, on avait joué à un jeu qu'elles avaient inventé et qui s'appelait « les Reines ».)

Il y avait plein d'autres enfants que je ne connaissais pas ! Je voulais que ça se passe bien avec eux, et dès le début. C'est important de bien commencer. Sinon, on peut en payer les conséquences pendant tout le restant de l'année. Il me semblait donc particulièrement recommandé de mettre une jupe avec un jean. Ma mère, elle, n'était pas de cet avis.

Heureusement, elle avait d'autres chats à fouetter. Mon petit frère Kevin, par exemple. Kevin tenait absolument à porter son costume de pirate pour son premier jour en maternelle. Franchement, en comparaison, mon idée de jupe avec un jean n'avait rien d'excessif.

Ma mère a essayé de lui faire entendre raison.

— Mais enfin, Kevin ! Halloween, c'était il y a un mois !

— Je m'en fiche ! a répondu mon frère. C'est important de faire bonne impression la première fois. C'est Allie qui me l'a appris. Même que c'est une règle fondamentale, elle a dit.

Ma mère était tellement occupée à pourchasser Kevin dans toute la maison pour lui faire enlever son costume de pirate qu'elle n'a pas remarqué que je portais encore ma jupe par-dessus mon jean. Du coup, j'en ai profité pour m'éclipser discrètement et aller prendre mon petit déjeuner dans la cuisine.

Le petit déjeuner, c'était... du pop-corn.

— Je n'ai pas trouvé les bols pour les céréales, a expliqué mon père.

— On aurait pu manger nos céréales en les piochant directement dans la boîte, a suggéré mon frère Mark juste avant d'enfourner une grosse poignée de pop-corn dans la bouche.

Mark est en C.E.1 Il n'avait pas le ventre noué, lui. De toute façon, Mark n'a jamais le ventre noué, même pour sauter du toit de la maison de son ami

Sean (il l'a fait un jour, et il s'est cassé le bras). C'est parce qu'il ne réfléchit pas beaucoup. Il ne pense qu'aux insectes. Et au sport. C'est son autre passion. Et aux engins de chantier aussi.

— Une fois, chez Sean, on a versé du lait directement dans la boîte de céréales et on les a mangées avec une cuillère.

— C'est dégoûtant, ai-je dit.

— Non, c'était très bon.

— Je suis sûre que le lait a transpercé la boîte. Vous avez dû en mettre partout.

— Non, parce qu'il y a un sachet en plastique à l'intérieur.

— En tout cas, je ne veux pas manger dans la même boîte que toi. Je n'ai pas envie d'attraper tes microbes.

— On a les mêmes microbes, puisqu'on est de la même famille.

— Sûrement pas. Je ne mange pas mes crottes de nez, moi. Pas comme certains.

— De toute façon, a tranché mon père pendant que Mark clamait son innocence, personne ne mangera dans la boîte. Parce que je ne trouve pas les cuillères non plus.

— Qu'est-ce qui se passe, ici ? a demandé ma mère en entrant dans la cuisine, le chapeau de pirate de Kevin à la main, mais sans Kevin.

Notre maison est ancienne, elle a plus de cent ans, et à tous les coups, il devait se cacher dans l'un de ses nombreux recoins.

— Pourquoi est-ce que ça sent le pop-corn ?

— C'est ce qu'on mange au petit déjeuner, a dit Mark.

— Mais pourquoi ? Qui a eu cette idée ?

Mark et moi avons montré notre père du doigt.

— Et alors ? a-t-il fait. Où est le problème ? Le pop-corn, c'est du maïs. Comme les cornflakes.

— Le pop-corn n'a aucune valeur nutritive, a déclaré ma mère.

— Bien sûr que si, ai-je dit. C'est très riche en fibres. Et les fibres, c'est bon pour la santé. On a travaillé sur l'équilibre alimentaire, l'an dernier. Le maïs est plein de fibres. *Il faut manger beaucoup de fibres pour bien digérer ce qu'on mange*. C'est une règle de diététique.

— Mais ils n'auront pas mangé de laitages, a protesté ma mère.

— J'ai mis du beurre dessus, a dit mon père. Et ils boivent du jus d'orange.

Mark et moi avons levé nos tasses pour le prouver. On buvait dans des tasses à café parce que mon père n'avait pas trouvé les verres.

Ma mère a levé les yeux au ciel.

— Du pop-corn pour le petit déjeuner ! a-t-elle soupiré. Vous ne le direz pas à l'école, hein ?

Là-dessus, elle est ressortie de la cuisine et a appelé Kevin. Je suis sûre qu'il attendait dans sa cachette l'heure de partir pour que ma mère soit obligée de le laisser aller à l'école, habillé en pirate.

C'est ce que j'aurais fait, à sa place.

— Mon nouveau maître trouverait sûrement que c'est cool de manger du pop-corn pour le petit déjeuner, a fait observer Mark. Enfin, je crois.

— Peut-être, mais ta mère préfère que tu ne le racontes pas, d'accord ? Quand vous rentrerez déjeuner à midi, je vous promets qu'on sera mieux organisés.

La sonnette d'entrée a retenti pile à ce moment-là. La sonnette de notre nouvelle maison n'est pas un bouton normal sur lequel on appuie et qui fait *ding-dong*. C'est parce que la maison est très vieille. Pour sonner, il faut tirer sur une espèce de poignée, et de l'autre côté du mur, dans le hall, il y a une petite cloche qui fait *dring*, un peu comme une sonnette de bicyclette.

Mais si on pose la main sur la cloche pendant que quelqu'un sonne, le son est étouffé et on entend juste un drôle de *drrr*. Quand on l'a découvert, mes frères et moi, on a tellement joué avec que ma mère a fini par déclarer : *Aucun enfant du nom de Punchie n'est autorisé à toucher la sonnette, sinon il sera privé de télévision pendant deux semaines.* C'est une règle (une règle familiale, pas une de mes règles à moi).

— Ça doit être Erica ! ai-je crié, tout excitée.

Erica et moi, on avait décidé d'aller à l'école ensemble à pied. J'ai couru ouvrir la porte. Fin prête dans son manteau soigneusement boutonné et son bonnet, Erica avait l'air tout aussi excité que moi.

— Salut, Allie !

— Salut, Erica !

— Je suis trop contente que tu sois dans mon école !

— Moi aussi, trop !

On faisait des bonds sur place quand Mark est arrivé.

— Oh, les filles… a-t-il lâché avec dédain.

Et il est sorti en courant pour rejoindre des garçons qui venaient de passer à vélo.

— Attendez ! a crié ma mère du fond de la maison.

— Pourquoi ça sent le pop-corn chez toi ? a demandé Erica.

— C'est ce qu'on a mangé au petit déjeuner, ai-je répondu en attrapant mon manteau et mon bonnet. Les bols pour les céréales sont quelque part dans les cartons. Et comme je ne trouvais pas non plus mes collants et mes leggings, j'ai mis un jean avec ma jupe.

J'ai tourné sur moi-même pour montrer à Erica.

— Ouah ! a fait Erica. Elle est super jolie, ta jupe. On dirait le costume de majorette de ma sœur.

J'ai rougi de plaisir. Melissa, la sœur d'Erica, a treize ans. Elle est drôlement impressionnante avec son bâton de majorette, et vraiment, vraiment cool, même si elle ne nous adresse presque jamais la parole et qu'elle nous regarde de haut.

Juste au moment où Erica et moi, on allait partir, ma mère est arrivée avec Kevin.

— Voilà, nous sommes prêts, a-t-elle annoncé.

Kevin portait encore un pantalon noir, des bottes noires, et une chemise blanche avec de longues manches bouffantes. Ma mère avait réussi à lui faire enlever sa grosse ceinture rouge, son chapeau orné d'une tête de mort, son bandeau sur l'œil et son épée.

— Elle n'a même pas voulu que je garde le bandeau, a-t-il murmuré d'un air tout triste.

— Tu es très beau comme ça, a dit Erica pour le consoler.

— Pourquoi tu ne mets pas des habits normaux, tout simplement ? ai-je demandé.

C'est pénible d'avoir un frère bizarre. Au rayon grande sœur, on ne peut pas dire que je sois gâtée, entre lui et Mark.

— Et toi, alors ? a fait remarquer Kevin. Tu portes bien une jupe avec un jean.

— C'est pour que les garçons ne voient pas ma culotte si je fais le cochon pendu sur le portique.

— Eh ben moi, c'est pour que tout le monde sache que je suis un pirate.

— Ne t'inquiète pas, l'a rassuré Erica. Ça se voit que tu es un pirate.

— Vous êtes prêts ? a demandé ma mère d'une voix faussement enjouée en enfilant son manteau. Allons-y, alors, et tous ensemble !

J'ai compris à ce moment-là pourquoi Mark s'était dépêché de rattraper les autres garçons. Il est malin. *Le jour de la rentrée, on peut aller à l'école avec ses parents. Mais y aller seul, c'est mieux.* Ça aussi c'est une règle. En tout cas, c'en sera une quand je l'écrirai dans mon petit cahier où je note toutes les règles et les principes qui me semblent importants dans la vie.

— On peut y aller tout seuls, tu sais, ai-je aussitôt proposé.

— Et Kevin ? a demandé ma mère.

Erica a pris mon petit frère par la main.

— On veillera sur lui, madame Punchie !

Voilà une idée qui ne m'emballait pas. On pouvait peut-être me demander mon avis, non ? Mais à y réfléchir, c'était mieux que d'être accompagnée par mes *parents*.

— Oui, ai-je renchéri en empoignant l'autre main de Kevin. On ne le lâchera pas.

— Bon, a dit mon père qui avait enfilé son manteau lui aussi. Vous n'aurez qu'à marcher devant avec Kevin. Et nous, on vous suivra et on fera comme si on ne vous connaissait pas. D'accord ?

J'avais imaginé les choses autrement, mais bon. C'était déjà ça.

— D'accord, ai-je marmonné.

Erica et moi, on est sorties avec Kevin. Dehors, les feuilles d'automne s'amoncelaient en tapis sur le trottoir. Il faisait froid.

— Pourquoi tu ne veux pas que tes parents t'accompagnent à l'école ? a demandé Erica. Moi, je les trouve rigolos.

— Ils ne sont pas si rigolos que ça, tu sais.

— Manger du pop-corn au petit déjeuner, c'est rigolo. Avec mon père, jamais on n'aurait le droit. Et laisser ton frère se déguiser en pirate le jour de la rentrée, ça aussi, c'est rigolo. Même porter une jupe avec un jean, c'est rigolo – d'ailleurs, j'aime bien.

J'ai eu beau réfléchir aux paroles d'Erica, je ne partageais pas son avis. Les Punchie n'étaient *pas* rigolos. Personnellement, je pensais que les Punchie étaient exceptionnellement doués. Surtout mon oncle Jay. Erica ne l'avait jamais rencontré parce qu'il habitait un appartement sur le campus de l'université. En tout cas, c'était probablement le plus doué des Punchie. Il avait le gros orteil tellement souple qu'il pouvait le replier sur le dessus de son pied. Et pareil avec le pouce. En le tirant en arrière, il arrivait à toucher son bras.

Oh, si seulement je savais moi aussi faire quelque chose d'impressionnant. Je me ferais tout de suite des tas d'amis. Et je n'aurais pas besoin de porter une jupe qui tourne pour qu'on m'apprécie. *Quand on sait faire des choses impressionnantes, comme se retourner le pouce sur le bras, les gens vous trouvent tout de suite sympathique* (c'est une règle).

Bon, Erica m'aimait bien. Mais elle ne m'avait pas dit non plus que j'étais sa meilleure amie. Et à mon avis, ce n'est pas parce que j'avais une jupe qui tourne qu'elle le deviendrait. Mais que pouvais-je faire d'autre ?

Arrivés à un carrefour qu'on s'apprêtait à traverser (il n'y avait aucune circulation), j'ai aperçu deux filles qui marchaient dans notre direction.

— Oh, regarde ! s'est exclamée Erica. C'est Caroline et Sophie !

À peine nous ont-elles rejointes que Sophie s'est mise à sautiller sur place en s'exclamant :

— C'est vrai, tu vas être dans notre école ! C'est trop génial !

— Oui, trop ! ai-je répondu.

Quand quelqu'un est tout excité, il faut être tout excité aussi. C'est une règle.

— Mais j'ai un peu la frousse ! n'ai-je pas pu m'empêcher de leur confier.

— Ne t'en fais pas, a dit Caroline, qui semblait plus posée que Sophie. Personne ne va te manger. C'est ton petit frère ? a-t-elle ajouté en se penchant vers Kevin. Pourquoi il est habillé comme ça ?

— Parce que je suis un pirate, a dit Kevin.

Caroline a fixé Kevin, puis m'a interrogée du regard.

— Il est en maternelle, ai-je fait avec un haussement d'épaules.

— Et c'est tes *parents*, là-bas ? a demandé Sophie tout bas en remarquant mon père et ma mère, un peu plus loin sur le trottoir.

Voyant qu'on les regardait, ils ont agité la main. Sophie et Caroline leur ont répondu poliment. J'ai fait mine de les ignorer et j'ai tiré Kevin par la main pour repartir.

— Ils accompagnent Allie et Kevin à l'école, a expliqué Erica. Mais comme Allie ne voulait pas, ils restent derrière.

— C'est trop gentil ! a dit Sophie.

— Et vous savez quoi ? Le père d'Allie a fait du pop-corn pour le petit déjeuner, a continué Erica.

Elle était visiblement toute contente de parler de mes parents et de ce qui était rigolo chez nous. À croire que c'était en train de devenir un de ses sujets de conversation préférés.

— Parce qu'il ne trouvait pas les bols pour les céréales !

— Ne le raconte pas à tout le monde, s'il te plaît, Erica, ai-je dit. En tout cas, pas à la maîtresse.

— Une fois, chez moi, on n'avait plus de jambon, alors mon père nous a fait des sandwichs à la moutarde. Ce n'était pas très bon... Mes parents sont divorcés, et ma grande sœur et moi, on vit avec mon père. C'est dur, parfois.

— J'imagine, ai-je dit gentiment.

— Moi, mon père est un super cuisinier, a déclaré Sophie. Hier pour le dîner, il a préparé des spaghettis bolognaise. C'est toujours lui qui fait la cuisine, parce que ma mère est en train d'écrire sa thèse. De toute façon, elle est nulle en cuisine. Une fois, elle a fait brûler une poule au pot.

— Ce n'est pas possible, a dit Caroline. La poule au pot, ça cuit dans l'eau.

— Si ! Elle est partie faire des courses, et toute l'eau s'est évaporée. La poule a accroché, le détecteur de fumée s'est déclenché, et les voisins ont appelé les pompiers. C'était la honte !

Je voyais bien que Caroline et Sophie parlaient pour que je pense à autre chose qu'à l'école. C'était trop gentil. Et ça marchait, parce qu'en arrivant sur la grande pelouse qui entoure l'école, je me suis rendu compte que je n'avais presque plus le ventre noué. Des enfants – parmi lesquels mon frère Mark – jouaient au ballon en attendant que la cloche sonne. D'autres se balançaient très haut sur les balançoires. Et d'autres encore bavardaient par petits groupes et regardaient ceux qui les regardaient.

C'est là que mon ventre a recommencé à se contracter. Plus que ça, même. J'avais une barre en travers de l'estomac qui me donnait envie de me plier en deux. Et si personne ne venait me parler ? Si on ne me trouvait pas intéressante ? Bon d'accord, il y avait Erica, Caroline et Sophie... C'était déjà bien, mais elles en auraient peut-être assez au bout d'un moment de me traîner partout avec elles. Et peut-être que je n'aurais pas d'autres amies pendant toute l'année. Ce serait horrible ! Pour elles, je veux dire.

Je pensais à tout ça quand une chose *vraiment* horrible s'est passée. Kevin nous a lâché la main, à Erica et à moi, et il a couru vers le portique. À tous les coups, il avait dû voir des garçons de son âge et il voulait jouer avec eux.

Son costume de pirate, personnellement, j'ai l'habitude. Il le porte tout le temps. Pour aller au supermarché, à la bibliothèque écouter le conteur, quand on va manger une glace chez Dairy Queen, où il prend toujours vanille-caramel et fait très attention à ne pas salir sa ceinture rouge.

Mais j'ai entendu des rires, venant d'un groupe de filles – des grandes, sans doute des C.M.2. Et j'ai vu qu'elles se moquaient... de Kevin ! C'était sûrement à cause de son costume, parce qu'elles le regardaient en pouffant.

Elles se moquaient de mon frère.

Ensuite, c'est moi qu'elles ont regardée. Et elles se sont mises à chuchoter. Forcément, elles parlaient de moi. Mais pourquoi ? Qu'est-ce que j'avais *fait* ? Ce n'est pas moi qui portais un pantalon et des bottes de pirate !

Tout à coup, je me suis rappelé que j'avais mis une jupe avec un jean. J'avais même insisté pour m'habiller comme ça, malgré les conseils de ma mère. Au secours !

C'est là que l'idée m'est venue. Ce qu'avait dit Erica était peut-être vrai : les Punchie étaient rigolos. Rigolos, c'est-à-dire « bizarres ». Trop rigolos, peut-être... Trop bizarres pour s'intégrer à un endroit nouveau... À une nouvelle école, par exemple.

Pourquoi ne m'étais-je pas débrouillée pour empêcher ce déménagement ? Pourquoi avais-je accepté d'aller dans une nouvelle école, où je ne connaîtrais personne et où on penserait que les Punchie étaient *rigolos* ?

Et pourquoi — oui pourquoi, pourquoi ? — avais-je mis une jupe avec un jean le jour de la rentrée ?

Règle n°2

Si, à l'école, des grandes trouvent que votre petit frère est mignon, n'essayez pas de les contredire.

Quand j'ai vu les filles chuchoter et me montrer du doigt, j'ai failli prendre mes jambes à mon cou et rentrer à la maison. Mais je n'en ai pas eu le temps. Déjà, elles s'approchaient de nous.

— Oh non, a murmuré Sophie.

Moi aussi, j'ai parlé à voix basse :

— Vite, on s'en va...

Trop tard. Les filles n'étaient plus qu'à quelques mètres. Si près que j'ai même cru sentir l'odeur de leurs chewing-gums.

— Oh, là, là, on est mal ! ai-je dit en agrippant Erica par le bras.

— P... pas de panique, a bredouillé Sophie. Mme Jenkins, la directrice, a interdit aux grands d'embêter les petits.

C'était bon à savoir, mais quand même, je ne me sentais pas rassurée. Ces filles-là ne semblaient pas trop du genre à respecter les règles, même les règles de la directrice. Je m'accrochais toujours au bras d'Erica, et soudain, j'ai eu l'impression que ma vie allait s'arrêter là. Dommage... Il me restait encore tellement de choses à faire et à découvrir. Embrasser un garçon, par exemple. Non que j'en aie vraiment envie, mais la petite amie d'Oncle Jay, Harmony, m'avait raconté que c'était amusant.

J'ai pensé aussi que je n'avais pas essayé toutes les glaces du Dairy Queen. La dernière fois, j'avais repéré le parfum choco-crousti. Je n'en connaîtrais jamais le goût, maintenant que ma vie était finie.

— Pourquoi on aurait peur ? a demandé Erica d'une voix blanche. Elles sont sûrement très gentilles.

— Non, je ne crois pas... a dit Caroline.

Les filles nous ont abordées, et l'une d'elles s'est adressée à moi.

— Alors ? C'est toi, La Nouvelle ?

Ça me faisait un drôle d'effet d'être appelée La Nouvelle. Dans mon ancienne école, j'étais Allie Punchie, et je l'avais toujours été (sauf pendant quelques jours où on m'a surnommée « alli allô »).

C'était bien d'être désignée par son nom, tout simplement.

Mon cœur battait fort.

— Euh... oui.

— Et lui, c'est ton petit frère ? a continué la fille.

Du doigt, elle a montré Kevin, suspendu au portique la tête en bas, sous la surveillance d'un maître et de mes parents. Les adultes riaient, et Kevin, comme d'habitude, était ravi d'être au centre de l'attention. Bien sûr, il n'avait pas peur qu'on voie sa culotte, puisqu'il ne portait pas une jupe mais son pantalon de pirate.

— Euh...

Je ne sais pas pourquoi, mais je dis toujours « euh » quand je parle aux grands de C.M.2. Sans doute parce qu'ils m'intimident. Ils ont dix ans, quand même.

J'ai failli déclarer que Kevin et moi, on n'avait aucun lien de parenté. Mais je me suis retenue. Tôt ou tard, la vérité serait découverte, par exemple à la prochaine fête de l'école, quand on me verrait avec toute ma famille.

Du coup, j'ai répondu :

— Oui.

La plus grande des filles a pris une profonde inspiration... et j'ai fermé les yeux. J'étais sûre qu'elle allait dire quelque chose comme « Pourquoi il est bizarre comme ça ? » ou bien « Toi et ton frère, vous n'êtes pas franchement le genre de l'école ».

Mais non, pas du tout.

— Qu'est-ce qu'il est *mignon* ! s'est-elle exclamée.

Et les autres filles ont renchéri.

— Oh oui, il est trop chou !

— Quelle chance tu as !

— Comment il s'appelle ?

— Il est déguisé en pirate, c'est ça ?

Je n'invente pas. Ce sont exactement leurs paroles. Des grandes de C.M.2 qui s'extasiaient et trouvaient mon frère adorable ! Immédiatement après, elles se sont ruées sur lui et lui ont fait une vraie fête, avec des mots gentils, des gazouillis, des caresses sur les cheveux et tout. Kevin était aux anges (comme notre chien, Marvin, quand on s'occupe de lui). De loin, je l'entendais qui protestait de sa voix fluette :

— Non, je ne suis pas mignon ! Je suis un pirate !

J'ai lâché le bras d'Erica et on s'est regardées toutes les quatre.

— Ouf ! a soupiré Sophie. J'ai eu peur qu'elles nous embêtent !

— Mais pourquoi ? a dit Erica. On ne leur avait rien fait !

— Erica voit toujours les qualités plutôt que les défauts des autres, m'a expliqué Caroline. Et elle est toujours pour la paix, parce qu'elle n'aime pas les disputes.

— Ce n'est pas vrai, a protesté Erica.

Voyant que Caroline et Sophie s'esclaffaient, elle a souri, d'un air un peu honteux, et a avoué :

— En fait, si.

En tout cas, je venais d'apprendre une règle très importante : *Si, à l'école, des grandes trouvent que votre petit frère est mignon, n'essayez pas de les contredire.* Ça évite de se faire embêter.

C'est à ce moment-là que la cloche a sonné.

— Viens ! a lancé Erica.

On est allées se mettre dans le rang des C.M.1, devant Mme Hunter. Je lui ai souri. Elle était tellement jolie avec son manteau de la couleur du sable, et ses bottines en daim marron. Même si elle n'avait pas les cheveux longs comme ma maîtresse dans mon ancienne école, sa coiffure était quand même belle. Elle m'a souri à son tour et m'a fait un petit clin d'œil.

Quand les autres enfants ont surpris son clin d'œil, ils se sont aussitôt retournés pour voir à qui il était adressé. J'ai vu alors leurs regards étonnés, et je les ai entendus qui chuchotaient : « C'est qui ? » Pourtant, la directrice m'avait présentée à la classe quand j'étais venue visiter l'école.

J'ai rougi en pensant à la phrase qui devait tourner dans toutes les têtes.

« C'est La Nouvelle. » Et mon ventre a recommencé à se contracter.

— Bien, a dit Mme Hunter. Allons-y. *En silence* s'il vous plaît.

On est montés au premier étage. Des dessins avec des nuages dans lesquels étaient écrits de petits textes, comme *TOUS LES NUAGES N'APPORTENT PAS LA PLUIE* ou *IL Y A UNE ÉTOILE QUI BRILLE DERRIÈRE CHAQUE NUAGE* ornaient les murs.

Erica m'a montré où accrocher mon manteau et déposer mon cartable. J'ai sorti mes affaires de classe et ma trousse, mais après, je me suis trouvée bien embarrassée. Les autres se précipitaient vers leur place et je ne savais pas où m'asseoir. Heureusement, une main s'est posée sur mon épaule. En levant la tête, j'ai vu Mme Hunter qui me souriait.

— Bienvenue, Allie, a-t-elle dit. Nous sommes très heureux de t'accueillir parmi nous. J'ai déplacé un peu les tables hier soir, et je t'ai fait une place à côté de Erica Herrington. Si tu n'y vois pas d'inconvénients...

À l'autre bout de la classe, Erica a poussé une exclamation de joie. J'ai regardé dans sa direction et elle a agité la main. Elle était assise près des fenêtres qui donnaient sur la pelouse.

— Mais ne me faites pas regretter mon choix, toutes les deux, a poursuivi Mme Hunter d'une voix sévère. Si vous bavardez au lieu d'écouter, je serai obligée de vous séparer. C'est compris ?

J'ai acquiescé d'un signe de tête. Je n'en revenais pas d'avoir autant de chance. On n'aurait pas pu rêver mieux, pour un premier jour ! Même si mes parents avaient insisté pour m'accompagner avec mon petit frère déguisé en pirate, tout s'était déroulé sans problème.

— Oui, madame Hunter, ai-je répondu.

— Bien... Va t'asseoir.

Je suis allée m'installer à la table qui avait été ajoutée au bout de la rangée, à côté d'Erica et tout près de la fenêtre. Je sentais tous les regards fixés sur moi, mais ça ne me dérangeait pas. Comme ça ne me dérangeait pas non plus que ma table soit un peu différente et pas tout à fait alignée avec les autres. C'était *ma* table, et je l'ai trouvée parfaite.

— Bonjour, les enfants, a dit Mme Hunter en marchant vers le tableau. Vous avez sûrement remarqué l'arrivée d'une nouvelle camarade aujourd'hui. Allie Punchie. Allie, veux-tu venir devant la classe pour nous parler un peu de toi ?

Si j'avais pu répondre franchement, j'aurais dit que non, je n'y tenais pas. Pas du tout, même. Mais j'ai bien compris que je n'avais pas le choix. *Quand un adulte – surtout une maîtresse – vous demande de faire quelque chose, ce n'est pas poli de refuser.* C'est une règle.

Du coup, j'ai arrêté de ranger mes affaires dans la case de mon pupitre et j'ai rejoint Mme Hunter devant le tableau. Je l'ai regardée avec angoisse, puis je me suis jetée à l'eau.

— Euh... Je m'appelle Allie Punchie, et je viens d'emménager. J'habite à côté de chez Erica Harrington...

Erica n'a pas pu se retenir.

— *Juste* à côté ! s'est-elle exclamée d'une voix surexcitée.

Sophie et Caroline ont pouffé.

— Oui… a dit Mme Hunter pour m'encourager. Continue. Qu'est-ce que tu pourrais nous dire de toi ?

La première chose qui m'a traversé l'esprit, bien sûr, c'est la remarque qu'Erica avait faite tout à l'heure... Que les Punchie étaient rigolos.

Mais je ne pouvais pas dire ça ! Et si Mme Hunter me demandait de donner des exemples ? Je serais obligée de lui raconter que mon père avait fait du pop-corn pour le petit déjeuner, et ma mère m'avait spécifiquement recommandé de ne pas en parler à la maîtresse.

J'ai cherché une autre idée... Que pouvais-je bien raconter sur moi à la classe ?

Ç'aurait dû être facile, pourtant. Parler de soi, il n'y a rien de plus simple. C'est un sujet qu'on connaît, puisque... eh bien, puisqu'on se connaît, voilà tout. Bref, j'aurais dû penser à quelque chose.

Sauf que c'est super difficile de réfléchir quand on est debout devant une classe de vingt-cinq élèves et que tous les regards sont braqués sur vous.

J'ai eu très chaud tout d'un coup. Et je me suis demandé pourquoi j'avais choisi de porter une jupe avec un jean. Qu'est-ce qui m'avait pris ? À quoi bon entasser tant de vêtements les uns sur les autres ? D'accord, c'est idéal pour les pirouettes, quand on est majorette comme Melissa, la sœur d'Erica, ou pour faire le cochon pendu au portique de l'école.

Mais les seuls qui grimpaient au portique de l'école, c'étaient les petits de maternelle.

Je commençais à craindre de ne jamais trouver d'idée – à part que mon oncle Jay était capable de retourner son pouce jusqu'à se toucher le bras, ou qu'il avait une tortue nommée Wang-Ba – quand tout à coup, je me suis rappelé... Mais oui, je pouvais dire quelque chose de moi !

— Je vais avoir un chaton, ai-je raconté à la classe. On doit aller le chercher dans trois semaines, chez une amie de mon ancienne école. La mère est un chat persan à poils longs, elle s'appelle Lady Serena Archibald. Mais ses chatons ne seront pas des persans, parce qu'on ne sait pas qui est le père. Moi, je m'en fiche. De toute façon, celui qu'on prendra, je l'aimerai dès que je le verrai.

— Très bien, a dit Mme Hunter en souriant. Voilà un événement très important qui va se passer dans la vie d'Allie. N'est-ce pas, les enfants ? Est-ce que vous avez des questions à lui poser ?

Une fille assez grosse, assise au fond de la classe, a levé le doigt.

— Oui, Rosemary ?

— C'est ton petit frère qui est venu à l'école aujourd'hui déguisé en pirate ?

J'ai pensé qu'elle le trouvait mignon, comme les grandes de C.M.2. D'ailleurs, elle faisait à peu près leur taille.

— Oui, ai-je répondu sans m'inquiéter. Il s'appelle Kevin, et il adore les pirates. J'ai un autre frère, Mark, qui est en C.E.1 Lui, il aime les insectes. Et le sport, aussi. Et les engins de chantier.

J'ai levé les yeux au ciel, pour montrer que tout ça ne m'intéressait pas du tout. Il y a eu quelques rires. Mais Rosemary, elle, ne riait pas.

— En tout cas, tu pourras dire à ton frère qu'Halloween, c'est fini depuis longtemps.

Et là, tout le monde a ri. Enfin, surtout les garçons. Mais quand même. Heureusement, Mme Hunter ne riait pas.

— Très bien, a-t-elle dit. Ça suffit, maintenant. Y a-t-il d'autres questions que vous aimeriez poser à Allie ?

Personne n'a levé le doigt. Mme Hunter m'a remerciée et m'a dit d'aller me rasseoir. Ouf ! Il était temps. Mes genoux tremblaient tellement que j'avais failli m'effondrer. Bien sûr, j'étais soulagée de retourner à ma place, mais abattue aussi. C'était horrible... Tout le monde avait ri. Et pas parce que j'avais dit quelque chose de drôle. Parce qu'ils se moquaient de moi !

— Bien, a dit Mme Hunter. Au travail, maintenant. Vous allez ouvrir votre livre de mathématiques, à la page 52...

— Bravo ! a soufflé Erica en se cachant derrière l'abattant de son pupitre pendant qu'elle attrapait son livre de maths. Tu t'en es bien sortie.

— Merci...

Je me suis retournée discrètement pour regarder Rosemary.

— C'est qui, elle ?

— Rosemary, a dit Erica. Ne fais pas attention... Elle est méchante. C'est pour ça que Mme Hunter la met au dernier rang avec les garçons.

— Pourquoi ?

D'un geste du pouce, Erica m'a montré le fond de la classe.

— Tu vois où est le bureau de la maîtresse ?

Mme Hunter avait installé son bureau au fond de la classe, et non pas devant le tableau.

— Quand on est en train de faire un travail, a expliqué Erica, elle peut surveiller les garçons qui ne sont pas sages. Mais quand elle écrit au tableau, c'est Rosemary qui les tient à l'œil. Ils ont peur de Rosemary parce qu'elle est méchante. Et beaucoup plus grande qu'eux.

— Elle a redoublé ?

— Non. Mais son père est entraîneur de rugby à l'université. Il mesure un mètre quatre-vingt-quinze au moins et pèse cent cinquante kilos.

— Ouah… ai-je fait.

Mes parents aussi travaillent à l'université. Mais mon père enseigne l'informatique, et ma mère est conseillère d'éducation. Rien à voir avec le sport. Ce qui fait qu'ils ont des tailles normales.

— Allie.

La voix de Mme Hunter m'a rappelée à l'ordre. J'ai levé les yeux. Elle me regardait !

— Pour bavarder avec ta voisine, a-t-elle dit, tu vas devoir attendre la récréation.

Zut ! Je me faisais gronder pour bavardage, le premier jour dans ma nouvelle école !

J'ai senti mes joues devenir toutes rouges tellement j'avais honte. Vite, j'ai sorti mon livre de maths et j'ai refermé tout doucement mon pupitre pour ne pas me faire remarquer davantage. C'était affreux ! Est-ce que Mme Hunter allait me détester ? Pourvu que non. Elle était tellement jolie, et elle avait été si gentille avec moi. Jusqu'à maintenant, en tout cas.

En plus, je sais bien qu'on ne doit pas bavarder en classe et qu'il faut attendre la récréation. J'étais une excellente élève dans mon ancienne école. Je ne bavardais jamais en classe. Enfin, pas beaucoup. Ça fait un peu bébé, je sais, mais j'étais tellement bouleversée d'avoir été rappelée à l'ordre dès le premier jour que j'avais envie de pleurer.

Et quand j'ai voulu ouvrir mon livre de maths à la bonne page, je ne me souvenais plus du numéro qu'avait indiqué Mme Hunter. J'ai jeté un coup d'œil discret au livre d'Erica : elle hésitait, comme moi. Évidemment, puisqu'elle non plus n'avait pas écouté.

À ce moment-là, j'ai remarqué que Sophie, qui était assise devant moi, levait son livre bien haut devant elle. Elle ne bougeait pas et semblait très calme, mais pourquoi tenait-elle son livre de cette drôle de manière ? Tout d'un coup, j'ai compris !

Pour me montrer à quelle page il fallait l'ouvrir : 52 ! Oh, merci, Sophie ! *Merci !*

Pile au moment où j'arrivais à la page 52, Mme Hunter a demandé :

— Qui connaît la réponse au problème numéro quatre ?

J'ai lu la question :

Rachid a dix-neuf pièces de monnaie, soit la somme de quarante-neuf centimes. Combien a-t-il de pièces de dix centimes, de pièces de cinq centimes, et de pièces de un centime ?

J'ai réfléchi à toute vitesse et j'ai trouvé la solution.

— Moi ! me suis-je écriée en levant la main.

Mme Hunter était sur le point d'interroger Caroline, qui avait aussi levé le doigt. Elle s'est tournée vers moi, surprise.

— Oui, Allie ?

J'ai baissé la main et j'ai répondu :

— Deux pièces de dix centimes, trois pièces de cinq centimes, et quatorze pièces de un centime.

— C'est juste, Allie, a dit Mme Hunter en souriant.

Ouf ! Je ne m'étais pas trompée. Bon, d'accord. Mon premier jour avait atrocement mal commencé.

Une fille qui me dépassait d'une tête trouvait que mon petit frère était bizarre, et je m'étais fait reprendre pour bavardage, alors que justement j'aurais voulu que la maîtresse ait une bonne opinion de moi. Mais au moins, j'avais bien répondu !

Et *en plus*, il y avait des grandes de C.M.2 qui trouvaient mon petit frère mignon.

Les choses allaient peut-être s'arranger... *Il ne faut jamais désespérer.*

Ça, c'est une règle. Non ?

Règle n° 3

On ne doit pas mentir aux adultes, sauf pour leur faire plaisir.

L'avantage, quand on habite tout près de l'école, c'est qu'on peut rentrer déjeuner à la maison.

On n'a donc pas besoin de se demander ce qui sera servi à la cantine, s'il y aura des tomates dans le plat principal (qu'on ne pourra pas manger, en vertu de la règle : *Ne jamais rien manger de rouge*), ou à côté de qui on se trouvera assis à table.

L'ennui, c'est que je devais attendre Kevin devant sa classe, parce que j'avais promis à mes parents de rentrer avec lui. Mon petit frère avait protesté qu'il n'était plus un bébé et qu'il pouvait revenir tout seul. Tu parles ! Quand on porte un costume de pirate le jour de la rentrée, devant sa sœur qui est morte de honte et devant tous les autres élèves du C.M.1, on *est* un bébé.

Mais quand il est sorti de la classe, j'ai entendu qu'on le traitait déjà comme un petit roi : « Au revoir, Kevin ! J'espère que tu remettras ton costume de pirate demain. » « À demain, Kevin. Tu as été vraiment adorable aujourd'hui... », etc.

Ces compliments lui venaient de la maîtresse et de ses auxiliaires, bien sûr, pas des autres enfants. Mais quand même, je trouvais ça parfaitement ridicule. Avec Erica, Sophie et Caroline (qui m'accompagnaient), on était écœurées. En fait, je ne suis pas sûre qu'elles étaient si écœurées que ça. Quand Kevin-le-pirate est arrivé, elles se sont disputées pour savoir qui lui donnerait la main.

— Toi, tu habites juste à côté de chez lui ! a dit Sophie à Erica. Tu auras plein d'autres occasions de lui donner la main.

— Oui, a renchéri Caroline. Tandis que nous, on ne le verra pas autant que toi. Ce n'est pas juste.

Erica s'est inclinée aussitôt.

— C'est vrai, a-t-elle dit. Vous avez raison.

Caroline avait vu juste : Erica n'aimait *vraiment pas* les disputes.

Et j'ai pensé que, bientôt, le monde entier trouverait Kevin mignon. Sauf moi.

— Ne vous chamaillez pas, a déclaré Kevin. Caroline et Sophie n'ont qu'à me donner la main la moitié du chemin, et ensuite, ce sera au tour d'Erica et d'Allie.

Là aussi, il m'a écœurée. J'ai même eu envie de lui envoyer un coup de pied. Pas fort, un tout petit coup de pied comme on en donne aux *bébés*. Il faisait son intéressant, et Sophie, Caroline, et Erica ne remarquaient rien ! En plus, je me fichais complètement de lui donner la main. Kevin n'était peut-être pas le plus rigolo des Punchie, mais en tout cas, maintenant, il se prenait pour le plus mignon de toute la famille. Et pour cette raison, il méritait de recevoir un coup de pied.

Mark est arrivé sur ces entrefaites. Lui aussi devait attendre Kevin. Mais quand il a vu mes copines se disputer pour savoir qui donnerait la main à Kevin, il a levé les yeux au ciel et a filé avec ses nouveaux amis. Il y en a même un qui l'a pris sur son vélo. Pour un élève de C.E.1, Mark fait parfois preuve d'une intelligence surprenante.

En allant vers le portail de l'école, on est passés devant la cantine. Exactement ce que je voulais éviter. Il y avait la queue pour entrer, parce que c'est un self et que tout le monde ne peut pas être servi en même temps. D'autant plus que les bâtiments de l'école ne sont pas très modernes, et que la cantine a été aménagée dans un tout petit coin du gymnase (qui est aussi la salle où ont lieu les réunions et les spectacles).

Bref, tous les élèves de ma classe qui attendaient de déjeuner m'ont vue avec Caroline, Sophie, Erica, et bien sûr avec Kevin, le Pirate-qui-est-si-Mignon.

Mais personne n'a fait de commentaire désagréable... sauf Rosemary. Elle a pris un air accablé et a dit, en montrant ma jupe et mon jean :

— Il n'y a pas que le frère qui est venu déguisé pour Halloween. La sœur aussi !

Les garçons qui faisaient la queue avec elle se sont mis à rire.

— Ce n'est pas un déguisement, a protesté Kevin en gonflant fièrement la poitrine. Je suis un *vrai* pirate.

Les rires ont redoublé. Comme d'habitude, Kevin était ravi de son petit succès. Mais moi, j'ai rougi encore plus fort que dans la classe quand j'avais bavardé. J'ai essayé de me concentrer sur l'air frais de l'automne qui me caressait le visage, et sur le crissement des feuilles sous mes pieds. Mais je ne me suis sentie véritablement soulagée qu'une fois dans la rue, après avoir franchi le portail.

Sophie et Caroline, comme Erica le matin, trouvaient que ma jupe allait très bien avec mon jean, et que ça ne ressemblait pas du tout à un déguisement.

Elles me l'ont répété tout le long du chemin, jusqu'au carrefour où elles ont dû lâcher la main de Kevin pour partir vers chez elles. J'étais quand même effondrée et je regrettais amèrement mon choix vestimentaire. Pour mon premier jour à l'école, en plus ! Toute la matinée n'avait été qu'une succession de ratages, depuis le pop-corn du petit déjeuner jusqu'à l'heure de la sortie. (Et Mme Hunter m'avait réprimandée *deux* fois pour bavardage.)

Erica a deviné que je broyais du noir.

— Tu veux venir déjeuner chez moi ? a-t-elle demandé quand on s'est arrêtées devant ma maison. Ma mère nous fait des croque-monsieur.

— Non, merci, ai-je répondu.

Pourtant, j'adore les croque-monsieur. (Mais seulement avec du pain de mie blanc, pas avec du pain complet. *Les croque-monsieur avec du pain complet, c'est dégoûtant.* Encore une règle.)

J'ai proposé à Erica de la retrouver après le déjeuner pour aller à l'école ensemble.

— D'accord ! a-t-elle dit, et elle est partie vers sa maison.

J'avais le cœur gros en entrant chez moi avec Kevin. Même quand ma mère, dans la cuisine, a lancé gaiement pour nous accueillir :

— J'ai trouvé les bols pour les céréales ! Fini le pop-corn au petit déjeuner !

— Et mes leggings, ai-je demandé. Tu les as trouvés ?

— Non, pas encore, a répondu ma mère qui était en train de fouiller dans un carton. Mais j'ai fait d'énormes progrès ce matin. J'ai récupéré tous les plats et toutes les casseroles. Il ne nous manque plus que la cuisinière !

— Et mes leggings.

— Je vais continuer à chercher, ma chérie, a dit ma mère. Je les trouverais sûrement cet après-midi. En attendant... Je suis passée chez le traiteur et je vous ai acheté quelque chose qui va vous plaire... Des friands au fromage ! Asseyez-vous vite et mangez-les pendant qu'ils sont chauds. Mark a déjà presque terminé le sien... Alors ? Comment s'est passée votre matinée ?

Mes frères se sont mis à parler à toute vitesse, de sorte que je n'ai pas pu en placer une. Ni l'un ni l'autre n'avait été grondé pour bavardage. Personne ne s'était moqué d'eux parce qu'ils portaient une jupe avec un jean. Et il n'y avait pas une Rosemary dans leur classe.

Kevin a raconté, en long et en large, que tout le monde le trouvait mignon, et qu'il avait très bien réussi son collage avec des pâtes. Mark a décrit en détail la salamandre dont s'occupait la classe et qu'il avait eu le privilège de nourrir, puis il a annoncé qu'il s'était déjà fait un nouvel ami, Jeff, et qu'il était monté sur le guidon de son B.M.X. (ce qui lui a attiré les remontrances de ma mère, parce qu'il ne faut pas faire de vélo sans casque).

Mes frères étaient tellement bavards qu'à la fin, je n'avais même plus envie de parler. Je ne pensais qu'à une chose : monter dans ma chambre, enlever ma jupe, et retourner à l'école pour essayer de rattraper ma première journée.

— Et toi, Allie ? a demandé ma mère. Comment ça s'est passé ?

— Bien, ai-je dit.

— *Bien ?* C'est tout ? Qu'est-ce que tu as pensé de Mme Hunter ? Tu étais assise à côté de qui ? Tu as l'impression que le travail est plus difficile, ou plus facile que dans ton ancienne école ? Tu t'es fait de nouvelles amies ? Raconte !

— C'était bien, ai-je répété d'une voix morne. J'étais assise à côté d'Erica. Le travail est pareil. Mes autres amies s'appellent Caroline et Sophie. Est-ce que je peux monter dans ma chambre maintenant ?

Ma mère a froncé les sourcils. Elle avait pris des jours de congé pour emménager, et elle portait un pantalon tout sale et un vieux tee-shirt qui portait l'inscription *PEARL JAM*. C'est un ancien groupe de rock que mon père aime bien.

— Oui, tu peux monter, a-t-elle dit. Mais finis ton verre d'eau avant... Allie ? Tu n'as pas l'air dans ton assiette. Tu es sûre que ça va ?

— Oui, *moi* ça va, ai-je dit. Sauf qu'on m'a fait remarquer qu'Halloween était fini depuis un mois !

Kevin m'a souri.

— Si tu veux, Allie, je vais aider maman à chercher tes leggings cet après-midi, pendant que tu seras à l'école.

Ma mère s'est tournée vers lui.

— Oh, que c'est gentil ! N'est-ce pas Allie, que ton frère est serviable ?

J'ai fusillé Kevin du regard. *Parfois, il n'y a rien de plus énervant qu'un petit frère.*

Encore une règle. Non, ça, ce n'est pas une règle. C'est un *fait.*

En attendant la fin de la récréation de midi, Erica, Caroline, Sophie et moi, on s'est retrouvées derrière l'école, dans un endroit secret entre les buissons. C'est là qu'on avait joué aux Reines, le jour de ma première visite de l'école. Dans le jeu, on est toutes des reines et on est poursuivies par un méchant seigneur qui veut épouser Sophie. Mais Sophie refuse de se marier avec lui, parce qu'il est très méchant, et aussi parce que son cœur appartient à quelqu'un d'autre. J'ai demandé à Sophie à qui appartenait son cœur. « À Peter Jacobs », m'a-t-elle dit, et quand j'ai voulu savoir qui c'était, elle me l'a montré de l'autre côté des buissons.

C'était un C.M.1 de la classe de Mme Danielson, et juste à ce moment-là, il jouait au foot avec mon frère. Il était plus grand que les autres C.M.1, même plus grand que Rosemary. J'ai remarqué qu'il était gentil avec les plus petits. Il ne les traitait pas de tous les noms quand ils tiraient mal (pas comme Rosemary). Au contraire, il les encourageait (pas comme Rosemary). J'ai trouvé aussi que son pull bleu était très beau.

J'ai dit à Sophie que j'approuvais son choix. Oui, je comprenais pourquoi elle lui avait donné son cœur !

Et j'ai décidé d'inclure Peter dans notre jeu (sans le lui dire, bien sûr, les autres personnages aussi sont imaginaires). Je l'ai fait chevalier, je l'ai appelé Prince Peter, et j'ai dit à Sophie qu'elle était sa promise. (Je ne sais pas si un chevalier peut être prince et si un prince a le droit d'épouser une reine, mais ce n'est pas grave puisque ce n'est qu'un jeu.)

Pendant qu'on était en train de défendre Prince Peter, cruellement attaqué par le méchant seigneur, la cloche a sonné. On est aussitôt allées se mettre en rang tout en riant à l'idée que Peter ne savait pas qu'il était prince.

Alors qu'on attendait la maîtresse, Rosemary s'est approchée de moi et m'a demandé :

— Qu'est-ce que tu as fait de ta jupe ?

Sauf que ce n'était pas une vraie question. Au ton de sa voix, j'ai bien senti qu'elle se fichait complètement de savoir ce qui était arrivé à ma jupe. Elle cherchait juste un prétexte pour me mettre mal à l'aise.

Personne d'autre n'avait remarqué que je m'étais changée à l'heure du déjeuner. En tout cas, on ne m'avait fait aucun commentaire. Maintenant, grâce à Rosemary, tout le monde détaillait ma tenue.

— Oh ! ai-je dit en rougissant. Je l'ai enlevée parce que... j'avais trop chaud.

Je ne sais pas pourquoi cette réponse-là m'est venue à l'esprit. C'était bête, vu qu'en plus, il faisait assez froid.

Mais je n'ai rien trouvé d'autre à dire, à part la véritable raison, que je ne pouvais pas donner. À savoir que je m'étais changée parce que Rosemary s'était moquée de moi. Je ne voulais *surtout pas* qu'elle le sache. Parce que *Pour ne pas donner satisfaction à ceux qui vous embêtent, ne leur montrez pas que vous avez peur d'eux.* C'est une règle.

— N'importe quoi ! a dit Rosemary avec un rire méchant. Comme si j'allais te croire !

— Ne l'écoute pas, a chuchoté Erica.

— Oui, a dit Sophie. Elle est trop méchante.

Ça, je l'avais compris. Mais pourquoi Rosemary était-elle méchante avec *moi* ? Là était la question. Et comment allais-je me défendre si elle s'acharnait ?

L'après-midi, on a d'abord eu musique, et après, Mme Hunter nous a demandé de rédiger un texte sur le sujet suivant : « Ce que j'aimerais faire dans un avenir proche. » Elle nous a recommandé de bien veiller à l'orthographe, parce que dans une semaine, on allait participer à un championnat d'orthographe avec la classe de Mme Danielson, et que c'était une bonne occasion de s'entraîner.

J'étais super excitée. Enfin, j'allais pouvoir impressionner Mme Hunter en faisant preuve de maturité, de réflexion, et d'une aisance exceptionnelle dans l'expression écrite...

En réalité, mon orthographe et mon expression écrite n'ont rien d'époustouflant (je suis meilleure en maths et en sciences), mais j'espérais quand même écrire une assez bonne rédaction pour que Mme Hunter oublie que j'avais encore bavardé (une fois seulement).

Voici ce que j'ai écrit :

Ce que j'aimerais faire dans un avenir proche, c'est m'occuper de mon chaton le mieux possible quand on l'aura adopté et qu'il ne sera plus avec sa mère, Lady Serena Archibald, qui est un chat persan à poils longs.

J'ai l'intention de l'appeler Micha (pour abréger, on pourra dire Mimi – parce que je vais prendre un chaton femelle). Je veillerai à ce que Micha soit à jour dans tous ses vaccins, je tiendrai le calendrier de ses rendez-vous chez le vétérinaire, et plus tard je la ferai opérer pour qu'elle n'ait pas plein de chatons. Je lui donnerai à manger les meilleures croquettes et les meilleures pâtées recommandées par les vétérinaires, et je ferai attention à ce qu'elle ait toujours de l'eau à boire (je m'en occupe déjà pour notre chien Marvin). Et je nettoierai sa litière tous les jours.

Je veux qu'elle ait un petit lit à elle, avec un baldaquin rose comme j'en ai vu à l'animalerie du centre commercial. On dirait mon lit à moi (sauf que le mien est conçu pour les humains et pas pour les chats). Je voudrais lui acheter aussi un collier rose assorti, avec des perles en strass. Le lit ne coûte que 49,99 dollars et le collier seulement 5,95 dollars, je crois que mes parents seront d'accord. Sinon, s'ils trouvent que c'est trop cher, je ferai des petits travaux payés à la maison, par exemple je nettoierai les toilettes. Normalement, c'est la tâche qui revient à mon frère Mark, mais je m'en fiche, du moment que je peux offrir ce qu'il y a de mieux à mon chaton !

En fait, je me suis laissé un peu emporter en écrivant. Ma rédaction était trop longue, mais j'ai pensé que Mme Hunter apprécierait. J'étais sûre qu'il était important de décrire en détail comment j'essaierais de gagner de l'argent pour acheter le lit et le collier de Micha, afin de bien répondre à la question : « Ce que j'aimerais faire dans un avenir proche. »

Pendant que j'étais en train de me relire pour vérifier les fautes d'orthographe, Mme Danielson, la maîtresse de l'autre classe de C.M.1 (celle où est le Prince Peter), a ouvert notre porte.

— Madame Hunter ? a-t-elle demandé. Puis-je vous parler une minute ?

— Oui, bien sûr, a répondu la maîtresse. C'est terminé, les enfants ! Le temps est écoulé. Faites passer vos rédactions sur la gauche. Rosemary, s'il te plaît, ramasse-les et pose-les sur mon bureau.

Mme Hunter est sortie de la classe, et on a fait ce qu'elle demandait. Rosemary s'est levée pour récupérer les rédactions au bout de chaque rangée.

Mais au lieu de les poser sur le bureau comme l'avait ordonné Mme Hunter, elle a fouillé dans le paquet de rédactions et en a choisi une en particulier. Elle s'est mise à la lire tout haut, en prenant une petite voix de bébé.

— « Ce que j'aimerais faire dans un avenir proche, c'est m'occuper de mon chaton le mieux possible... »

Elle lisait en se retenant de pouffer. Les autres élèves de la classe, eux, ne se sont pas gênés. Ils ont ri parce que Rosemary, avec sa voix fluette et haut perchée, imitait visiblement quelqu'un. Et je n'ai pas mis longtemps à comprendre qui...

— « ... quand on l'aura adopté et qu'il ne sera plus avec sa mère, Lady Serena Archibald, qui est un chat persan à poils longs. J'ai l'intention de l'appeler Micha... »

Moi ! C'était *moi* que Rosemary imitait ! Je n'ai pas cette voix de bébé pourtant ! Je n'ai pas une petite voix fluette et haut perchée.

J'ai senti mes joues me brûler. Pas parce que j'étais gênée, cette fois. J'étais surtout en colère. Je savais bien que je n'avais pas cette voix-là. Et je ne doutais pas d'avoir écrit une bonne rédaction. En tout cas, j'avais vraiment fait de mon mieux. Et *elle*, alors ? De quoi avait-elle parlé ? Qu'est-ce qu'elle allait faire dans un avenir proche ? Continuer à être méchante avec les petits quand ils jouent au foot ? Embêter La Nouvelle ?

— Dis donc, Rosemary ! ai-je lancé d'une voix forte.

Il est important de se défendre quand on vous embête, surtout le jour de la rentrée. C'est une règle. Parce que si on laisse les choses s'installer, les ennuis risquent de durer toute l'année.

— Tu dois poser les rédactions sur le bureau. Mme Hunter ne t'a pas demandé de les lire.

— Micha ! a ricané Rosemary. C'est un nom idiot pour un chat !

— Moi, je trouve ça mignon, a dit Erica, qui essayait comme toujours de maintenir la paix.

— Oui ! a dit Sophie. Moi aussi !

— « ... pour abréger, on pourra dire Mimi », a lu encore Rosemary en reprenant sa drôle de petite voix. « Je veux qu'elle ait un petit lit à elle, avec un baldaquin rose comme j'en ai vu à l'animalerie du centre commercial. »

Tous les garçons riaient, surtout ceux qui étaient assis au fond, dans la rangée de Rosemary. Les filles riaient aussi, mais pas toutes. Pas Caroline, ni Sophie ni Erica. Peut-être qu'elles aimaient bien le prénom Micha. Ou alors, parce qu'elles voyaient que j'avais les larmes aux yeux.

Mais je ne pleurais pas parce que j'étais vexée. Je pleurais de rage. Comment Rosemary pouvait-elle être aussi méchante ? Et les autres la trouvaient drôle ! *Une plaisanterie n'est jamais drôle, si elle blesse quelqu'un.* C'est une règle.

Et c'est même la règle la plus importante de toutes.

— « ... On dirait mon lit à moi (sauf que le mien est conçu pour les humains et pas pour les chats). Et je voudrais lui acheter aussi un collier rose assorti, avec des perles en...

— ROSEMARY DAWKINS !

Toutes les têtes se sont tournées, y compris celle de Rosemary. Mme Hunter se tenait debout à la porte. Mais elle n'avait plus rien de la jolie maîtresse, calme et souriante. Elle était aussi furieuse que moi. Ses joues étaient rouges comme les miennes, et ses yeux lançaient plus d'éclairs que les étoiles en papier d'argent avec lesquelles elle avait décoré la classe. Elle posait sur Rosemary un regard si dur qu'on se serait presque imaginé un rayon laser, capable de la faire voler en éclats.

Ce qui ne m'aurait pas déplu, je l'avoue.

— Rosemary ? a demandé Mme Hunter. Je peux savoir ce que tu es en train de faire ?

— Rien, a dit Rosemary d'une voix apeurée, en cachant vite le paquet de rédactions derrière son dos.

C'était difficile à croire, mais elle avait vraiment l'air effrayé. Moi aussi j'aurais eu peur, c'est sûr, si Mme Hunter m'avait regardée comme ça !

— Je t'ai posé une question, Rosemary, a continué Mme Hunter en s'avançant, main tendue pour réclamer les rédactions.

Rosemary était bien obligée de les rendre. Mme Hunter a remarqué que c'était la mienne qui se trouvait sur le dessus de la pile. Elle s'est alors tournée vers moi. Elle avait sûrement vu que j'étais au bord des larmes.

— Allie ? m'a-t-elle demandé. Est-ce que Rosemary était en train de se moquer de ta rédaction ?

Évidemment, j'aurais pu mentir. Et répondre que « non, Rosemary ne se moquait pas de ma rédaction ».

Après, peut-être que Rosemary m'aurait bien aimée. Ou qu'elle m'aurait moins détestée, en tout cas.

Mais *On ne doit pas mentir aux adultes.* C'est une règle. Sauf pour leur faire plaisir. Par exemple, quand je dis à mon oncle Jay que « le friand au fromage qu'il a passé au micro-ondes n'est plus du tout congelé à l'intérieur ».

Donc, j'ai répondu :

— Oui, elle se moquait de ma rédaction. Ce n'est peut-être pas très bien écrit, mais j'ai fait de mon mieux, alors... Je trouve que ce n'est pas gentil.

Parce que *ça*, c'était la vérité.

— Que ce soit bien écrit ou pas n'est pas la question, a déclaré Mme Hunter. Dans cette classe, on ne se moque pas des autres. Et Rosemary le sait parfaitement. C'est pourquoi elle va te présenter ses excuses. Rosemary ?

Rosemary a marmonné quelque chose en regardant ses pieds.

— Je n'ai pas bien entendu, Rosemary, a dit Mme Hunter.

— Pardon, Allie, a répété Rosemary plus fort.

— Merci, Rosemary, a dit Mme Hunter. À présent, c'est l'heure de la récréation... Rosemary, tu vas rester avec moi dans la classe. Tu vas m'écrire quelques lignes sur l'amitié... Tous les autres, mettez vos manteaux et rangez-vous pour sortir.

On est allés s'habiller dans le couloir et on s'est mis en rang. Sauf Rosemary. Elle n'avait pas bougé et continuait à fixer ses pieds d'un air maussade. Elle était toute rouge mais je voyais bien que c'était de colère, pas de tristesse, parce qu'elle fronçait les sourcils. Rosemary avait envie de se venger, c'est clair.

Et ce n'était pas la peine d'être un génie pour comprendre de qui... Je n'ai donc pas été très étonnée quand, en passant devant elle pour sortir en récréation, elle m'a soufflé à l'oreille :

— Allie. Je vais te massacrer !

C'était logique. De toute façon, la journée avait mal commencé.

Règle n° 4

Quand quelqu'un a décidé
de vous massacrer, le mieux à faire,
c'est de se cacher.

Il y a déjà eu des filles qui m'ont détestée. Ou qui ne m'ont pas parlé pendant *des semaines* tellement elles étaient en colère contre moi. Mais aucune n'a jamais menacé de me massacrer. Elles se contentaient de dire des méchancetés dans mon dos, ou de m'appeler « alli allô », par exemple.

Rosemary, c'était autre chose. Erica m'a raconté qu'un jour, elle s'en était prise à un garçon, Morgan Hayes, parce qu'il lui avait abîmé son dragon en papier mâché sans faire exprès dans la salle d'arts plastiques. Pour se venger, Rosemary avait mis Morgan à terre, elle s'était assise sur lui et l'avait fait pleurer. Pourtant, Morgan est un *garçon*. Et il est en *C.M.2.*

Quand quelqu'un a promis de vous massacrer, il faut se tenir sur la défensive. Surveiller ses arrières, avoir toujours des yeux dans son dos, et être prête à courir ou à se cacher au moindre danger.

Heureusement, Rosemary prenait le car de ramassage scolaire. Du coup, elle ne pouvait pas se dissimuler derrière un buisson pour me surprendre dans la rue quand je rentrais chez moi. Sinon, elle risquait de rater le bus et de se retrouver coincée à l'école pendant toute la nuit.

La cour était le seul endroit que je pouvais craindre, pendant les récréations du matin, de midi et de l'après-midi. Quand je leur ai raconté ce qui s'était passé, Caroline, Sophie et Erica ont promis de me protéger et de m'aider à me défendre contre Rosemary. C'était vraiment, vraiment sympa de leur part.

Quand elles m'ont dit ça, j'ai pensé que mon premier jour dans ma nouvelle école n'était pas *complètement* raté. C'est agréable d'avoir des amies. Même si aucune d'entre elles n'est une *meilleure* amie.

— Tu devrais le dire à Mme Hunter, a déclaré Caroline pendant qu'on marchait sur le trottoir jonché de feuilles mortes.

Sophie a secoué la tête en faisant danser ses boucles brunes.

— Non, non ! Rosemary t'en voudra encore plus. Elle deviendra comme un singe enragé !

Sophie a la phobie des singes. Elle en a peur et elle y pense tout le temps. Pourtant, comme je le lui ai expliqué, les singes n'attaquent que très rarement les humains. Je le sais, parce que je m'intéresse aux mammifères et que j'ai beaucoup lu sur le sujet.

— Rosemary n'est pas si terrible que ça, a dit Erica, la pacifiste.

— Pardon ? s'est exclamée Sophie. Tu as sans doute oublié ce qu'elle a fait à Morgan ?

— On ne connaît pas toute la vérité, a répondu Caroline. Il paraît qu'il s'est cassé les côtes en faisant du ski chez son père.

Erica a sauté sur l'occasion.

— À mon avis, Rosemary était folle de rage, mais dans un jour ou deux, elle n'y pensera plus. En plus, elle n'a pas beaucoup de mémoire. Vous avez vu combien de temps il lui a fallu pour apprendre ses tables de multiplication ?

Caroline n'était pas convaincue.

— Mmm... En tout cas, c'est sûr que Mme Hunter ne laissera pas quelqu'un se faire embêter dans sa classe.

— Oui, mais Mme Hunter n'est pas tout le temps là, a fait remarquer Sophie.

Ce qui, hélas, était la triste vérité.

Les jours suivants, j'ai réussi à éviter Rosemary. Je commençais à croire qu'Erica avait raison, qu'elle ne m'en voulait plus. Et j'essayais d'être la plus discrète possible. Je ne bavardais pas pendant la classe, je ne levais pas le doigt pour demander à répondre, je me tenais la dernière dans le rang pour sortir en récréation ou pour aller en salle de musique ou d'arts plastiques. Bref, je faisais tout pour ne pas attirer l'attention sur moi. J'espérais que Rosemary oublierait jusqu'à mon existence, et donc oublierait qu'elle avait voulu se venger de moi.

Apparemment, le plan fonctionnait. Pendant quelques jours, Rosemary ne m'a même pas regardée. J'ai eu la chance, aussi, que Kevin renonce à s'habiller en pirate. Il avait eu son jour de gloire et ça lui suffisait. De toute façon, ma mère avait insisté pour emporter son déguisement chez le teinturier, parce qu'on ne pouvait pas le laver à la machine mais seulement le faire nettoyer à sec. Résultat, on ne me remarquait plus à l'école à cause de lui.

Bref, tout allait plutôt bien, après ce que ma mère avait appelé « des débuts difficiles ». (Je ne lui avais pas parlé de Rosemary. Elle faisait simplement allusion au pop-corn du petit déjeuner et au fait que j'aie mis une jupe avec mon jean.) Elle avait fini par dénicher mes leggings dans un carton, et notre cuisinière avait été localisée. Le fournisseur était désolé, il avait égaré la commande et ne la livrerait pas avant un mois, mais au moins on l'avait retrouvée. Mais surtout, j'avais été invitée à une soirée pyjama chez Caroline ! Un événement de la plus haute importance, car c'était ma première soirée pyjama avec mes amies de ma nouvelle école.

D'accord, on n'était pas très nombreuses. Il n'y avait qu'Erica, Caroline, Sophie et moi. Mais on s'est super bien amusées ! On a même fait des beignets vapeur – une spécialité chinoise – avec la petite amie du père de Caroline, Wei-Lin.

À ce propos, on s'est aperçu trop tard qu'il fallait se laver les mains avant de manipuler la pâte, sinon elle devenait toute grise. Mais Wei-Lin a dit que ce n'était pas grave, on y penserait la prochaine fois.

Et malgré les craintes de Sophie, aucune d'entre nous n'a eu mal au ventre. En tout cas, si nos beignets contenaient des microbes, ils ne nous ont rien fait. Mais sans doute parce qu'ils étaient cuits.

Le lendemain en rentrant chez moi, j'étais de très bonne humeur jusqu'à ce que ma mère m'accueille à la porte avec un drôle d'air.

— Qu'est-ce qui se passe ? ai-je demandé.

À l'expression sur son visage, j'ai tout de suite compris qu'elle avait quelque chose à m'annoncer et qu'elle ne savait pas trop comment s'y prendre. Elle a la même expression quand il n'y a plus de céréales au miel et qu'il ne reste plus que des nature.

— Allie, chérie... a-t-elle dit. Mme Hauser a appelé hier soir.

Mme Hauser est la maîtresse de Lady Serena Archibald.

— Ah oui ? ai-je fait en posant mes affaires de nuit et mon sac de couchage.

J'étais un peu fatiguée par ma soirée pyjama. Il faut dire qu'on avait presque fait une nuit blanche. On avait regardé plein de D.V.D. et on s'était raconté des tas d'histoires de fantômes. Sans vouloir me vanter, parce que *Personne n'aime les vantards* (c'est une règle), c'est mon histoire avec la main de zombie qui avait fait le plus peur. Sophie n'avait pas fermé l'œil de la nuit, elle s'imaginait qu'une main de zombie allait monter l'escalier en pleine nuit et l'étrangler. Pourtant, j'avais bien précisé que les mains de zombie n'existent pas.

— Lady Serena Archibald risque d'avoir ses chatons trop tôt, a continué ma mère. Mme Hauser l'a emmenée chez le vétérinaire pour essayer de retarder l'accouchement. Mais il est possible que Lady Serena perde ses bébés, et qu'elle meure aussi. Même s'ils arrivent à naître, ils seront trop petits pour survivre. Et s'ils survivent, ils auront besoin de soins particuliers. Mme Hauser tenait à te prévenir. Je suis désolée, chérie.

Mes yeux se sont remplis de larmes. Quoi ? Pendant que j'étais chez Caroline en train de faire des beignets avec des mains sales et de raconter des histoires de fantômes, Lady Serena Archibald, la mère de Micha, mon futur chaton, avait failli mourir ! Ou perdre Micha !

— Je m'en fiche ! me suis-je exclamée. Je m'occuperai bien de Micha. Je ferai *tout* pour qu'elle reste en vie ! De toute façon, je veux être vétérinaire plus tard, alors autant commencer à m'entraîner tout de suite !

— Ne crie pas, Allie, a dit ma mère, légèrement inquiète. Un chaton prématuré a besoin d'attention vingt-quatre heures sur vingt-quatre. Tu ne peux pas veiller toute la nuit pour t'en occuper et aller à l'école la journée.

— Eh bien, j'amènerai Micha à l'école avec moi. Ma case est assez grande pour que je puisse la mettre dedans. Mme Hunter voudra bien. J'en suis sûre !

Ma mère a paru encore plus inquiète. Mais je savais que j'avais raison. Mme Hunter était la plus jolie, la plus gentille de toutes les maîtresses du monde ! Elle me laisserait garder mon chaton avec moi. Micha pourrait peut-être même dormir dans le lit à baldaquin rose que j'avais vu au centre commercial. Sauf que je n'étais pas sûre que le lit tienne dans ma case. En fait, j'étais même certaine qu'il ne tiendrait pas.

Je pourrais peut-être fabriquer un lit temporaire pour Micha dans une boîte à chaussures ? Mais oui, une boîte à chaussures, c'était parfait ! Je serais alors la seule fille de l'école à avoir un chaton dans sa case. Et tout le monde verrait comme je suis douce et tendre quand je donnerais son biberon à Micha toutes les heures pour qu'elle prenne des forces. Même Rosemary ne voudrait plus se venger de moi. Elle serait trop impressionnée de voir que je m'occupe si bien de mon chaton.

Je suis retournée chez Erica et je lui ai tout raconté. Une fois mon histoire finie, on s'est mises à chercher une boîte à chaussures. Chez moi, il n'y avait que d'énormes cartons, dans lesquels on avait fourré non pas une paire, mais vingt paires de chaussures. Ou bien une cafetière, ou encore des clubs de golf. Heureusement, la sœur d'Erica, Melissa, venait d'acheter des chaussures de claquettes (en plus d'être majorette, elle fait de la danse jazz et des claquettes), et on a passé l'après-midi à préparer un joli petit lit pour Micha. On a même pris à Melissa une pochette en velours qui avait contenu des boucles d'oreilles, et on en a fait un coussin. Micha pourrait poser sa minuscule tête dessus.

Sauf que Melissa tenait à garder sa pochette en velours. Quand elle s'est aperçue de sa disparition, elle s'est précipitée dans la chambre d'Erica et l'a reprise dans le lit de Micha en nous traitant d'égocentriques. Ensuite, au lieu d'écouter comment on allait s'occuper d'un chaton prématuré qui risquait de mourir, elle s'est moquée de nous puis est sortie de la chambre en tempêtant.

— Ne fais pas attention à elle, a dit Erica.

Et elle m'a expliqué que Melissa était toujours énervée avant une compétition de majorettes, et que justement, elle en avait une cette semaine.

— Je me fiche de Melissa, ai-je déclaré, même si ce n'était pas vrai.

Je savais qu'Erica voulait éviter une dispute (comme toujours, d'après Caroline.)

Après avoir cherché la signification du mot « égocentrique » dans le dictionnaire et décrété qu'il ne s'appliquait pas du tout à nous – parce que ce n'est pas vrai, on ne pense pas seulement à nous –, on est allées dans la salle à manger où on s'est amusées avec la sonnette secrète qui se trouve sous la table. Autrefois, les gens s'en servaient pour appeler la bonne. Les parents d'Erica n'ont pas de domestique, bien sûr, c'est juste un vestige des anciens temps. Et puis, la mère d'Erica est sortie de la cuisine au bout d'un moment et m'a annoncé qu'il était l'heure de partir.

Arrivée chez moi, la boîte à chaussures sous le bras, la première chose que j'ai faite, c'est demander à ma mère s'il y avait du nouveau, mais Mme Hauser n'avait pas rappelé. En revanche, a continué ma mère, on passait à table tout de suite. Oncle Jay dînait avec nous, il était déjà là, d'ailleurs, et pour la circonstance, on allait manger des lasagnes au micro-ondes avec de la salade, un menu qui revient souvent en ce moment, vu qu'on n'a pas de cuisinière.

— J'ai quelque chose à vous annoncer, a-t-il déclaré dès le début du repas.

— Moi aussi, ai-je lancé. Je peux parler d'abord ? Lady Serena Archibald, la mère de Micha, mon futur chaton, va accoucher trop tôt. Elle risque de mourir, et les chatons aussi. Ou alors, ils seront très fragiles, mais comme je veux être vétérinaire plus tard, je suis sûre que je saurai très bien m'occuper d'un chaton prématuré.

— Non, Allie, a dit ma mère. Ce n'est pas toi qui décides. Nous allons en discuter tous ensemble. C'est une responsabilité trop lourde pour une petite fille de neuf ans... Bien, à toi, maintenant, Jay. Qu'est-ce que tu voulais nous raconter ?

— Oh moi, ce n'est pas aussi intéressant que l'histoire d'Allie... J'ai parlé à maman aujourd'hui

– ma mère à moi, je veux dire – et… J'ai une grande nouvelle, les enfants. Grand-mère arrive !

Ma mère a posé brusquement sa fourchette dans son assiette, si brusquement que la porcelaine a tinté.

— Ah oui, j'ai oublié de te prévenir, a dit mon père. Ma mère vient passer quelques jours la semaine prochaine.

— Super ! s'est écrié Kevin. J'espère qu'elle m'apportera un livre sur les pirates.

— Et moi, peut-être qu'elle m'achètera un B.M.X., a ajouté Mark.

— Tu viens d'avoir un V.T.T. pour ton anniversaire, ai-je fait remarquer.

— Oui, mais aucun de mes copains n'a un V.T.T. Ils ont tous des B.M.X. J'ai envie de changer.

— Un B.M.X. ou un V.T.T., c'est pareil, ai-je dit.

— Pff… a fait Mark. Rien à voir !

— Pff… ai-je fait à mon tour. N'importe quoi ! Tu veux juste avoir la même chose que tes copains... Si tes amis s'attachent à ça et te jugent à ton vélo, alors ce ne sont pas de vrais amis.

— Peut-être, a admis Mark. Mais avec un B.M.X., je pourrai faire des figures...

À tous les coups, ma mère ne devait pas nous écouter, sinon elle aurait réagi et conseillé à mon frère de se chercher un passe-temps moins dangereux que sauter des bosses ou faire des acrobaties sur un vélo.

— Ta mère vient la semaine prochaine ? a-t-elle dit lentement à mon père.

— Oui. Elle veut voir notre nouvelle maison. Et les enfants, bien sûr.

— Mais nous n'avons ni cuisinière ni four ! Et le lit de la chambre d'amis n'est pas installé. Il n'y a même pas encore de rideaux dans cette pièce.

— Je lui aurais bien proposé d'habiter chez moi, est intervenu Oncle Jay. Mais j'ai une tortue dans ma baignoire.

— Ma mère est facile à vivre, a plaidé mon père. Et puis, elle vient pour nous voir, pas pour s'offrir un séjour grand luxe. D'ailleurs, elle adore les lasagnes au micro-ondes. Du moins, je crois... Et sinon, elle apprendra à les aimer.

— Mais pourquoi ne m'as-tu pas dit que tu l'avais invitée ? a insisté ma mère.

Mon père a haussé les épaules.

— J'ai oublié... Allez, ce n'est pas si grave. Elle ne reste qu'une semaine.

— Elle n'aura qu'à coucher dans mon lit, ai-je proposé. Moi, je dormirai par terre avec mon sac de couchage. Ce sera plus facile pour me lever et m'occuper de Micha.

Le dîner à peine fini, ma mère a déclaré qu'elle avait mal à la tête et elle est montée se coucher. Mon père l'a suivie, mais je suis sûre que c'était pour lui parler. Du coup, c'est Oncle Jay qui m'a aidée à rincer les assiettes et les couverts, et à les mettre dans le lave-vaisselle, pendant que Mark et Kevin regardaient la télé (tous les soirs, on a droit à une demi-heure de dessins animés).

— Un chaton prématuré, c'est beaucoup de travail, tu sais, Allie, m'a fait remarquer Oncle Jay.

— À condition que Lady Serena Archibald accouche. Oh, pourvu qu'elle ne meure pas !

— Une vie s'en va, une autre vie surgit, a récité Oncle Jay en me passant les couverts qu'il venait de rincer. Tout passe, tout lasse... Au moins la mort est-elle une délivrance.

— Oui, ai-je fait sans prêter attention, car j'avais l'habitude des déraillements d'Oncle Jay. En tout cas, ce qui est sûr, c'est que je *veux* un chaton.

— Tu en auras un, a dit Oncle Jay, mais ce ne sera peut-être pas celui-ci. Ce sera le chaton d'une autre mère que Lady Serena.

Sauf que moi, c'était un chaton de Lady Serena que je voulais. J'adorais ses longs poils soyeux, et sa manière de ronronner en frottant sa tête contre ma main quand je la caressais. Ses chatons auraient sûrement une fourrure semblable et ils aimeraient aussi frotter leurs petites têtes. Oh, faites que tout se passe bien pour Lady Serena, s'il vous plaît !

Mais Mme Hauser n'avait toujours pas donné de nouvelle. Et je ne pouvais pas demander à ma mère de l'appeler, vu qu'elle était déjà allée se coucher. Bref, je n'ai pas fermé l'œil de la nuit, et le lendemain matin, j'étais épuisée, et je n'avais pas du tout envie d'aller à l'école. Qu'importait l'école, de toute façon, alors qu'un chat était peut-être en train de mourir ?

Je ne sais pas si c'est à cause de la fatigue, mais j'avais complètement oublié le championnat d'orthographe jusqu'à ce qu'Erica me le rappelle sur le chemin de l'école. La compétition avait lieu aujourd'hui, entre les C.M.1 de Mme Hunter et ceux de Mme Danielson.

Déjà que je ne suis pas la meilleure du monde en orthographe... D'accord, je m'étais un peu préparée en cherchant « égocentrique » dans le dictionnaire. Mais étant donné que je n'avais presque pas dormi et que j'étais super inquiète pour Lady Serena, je peux vous dire que je n'avais pas beaucoup d'espoir quant à mes performances.

Caroline, Sophie et Erica ont essayé de me remonter le moral, même s'il n'y avait pas grand-chose à dire, en fait. Mais bon, c'était gentil de leur part – surtout de la part de Caroline, qui avait mal au ventre parce qu'elle avait mangé trop de gâteaux le soir de la soirée pyjama. C'étaient des biscuits aux pépites de chocolat que la mère d'Erica avait spécialement faits pour nous, et Caroline en avait mangé au moins *trente*. Sophie, elle, pensait que Caroline avait peut-être attrapé une infection à cause des microbes présents dans la pâte des beignets vapeur. Mais quand j'ai rétorqué que dans ce cas, on serait *toutes les quatre* malades, elle a été de mon avis.

Pendant toute cette discussion, je n'ai pas cessé d'avoir une image dans la tête que je n'arrivais pas à chasser. Je voyais Lady Serena, avec sa belle fourrure à reflets bleus, couchée sur un brancard chez le vétérinaire, en train de haleter derrière un masque à oxygène attaché à son petit museau. Oh, si seulement je pouvais être rassurée sur son sort !

Ce qui est certain, c'est que ça ne m'a pas aidée à me concentrer. Je n'arrêtais pas de me demander si j'allais avoir un chaton ou pas.

Mais après les maths, quand j'ai vu que tous les yeux étaient fixés sur la pendule, j'ai compris que mes camarades ne pensaient plus qu'au championnat d'orthographe et, comme eux, j'ai attendu le moment où Mme Hunter dirait : « C'est l'heure, les enfants. Mettez-vous en rang. » Les deux classes devaient se retrouver dans le gymnase. C'est le seul endroit de l'école qui peut accueillir autant de monde. Rosemary était parmi les plus excités. C'est normal, elle a l'esprit de compétition. (Pas moi. *Ce n'est jamais drôle quand celui qui a perdu se met à pleurer*... Encore une règle.) Je l'entendais dire tout bas à ses voisins : « On va écraser la classe de Mme Danielson » et « Je vous parie que Caroline va arriver première ! », parce que c'était grâce à Caroline que sa classe avait gagné l'année précédente.

Tant mieux. Ça me rassurait d'être amie avec la gagnante. Je ne sais pas pourquoi, mais j'avais moins peur de rater. Je n'ai peut-être pas l'esprit de compétition, mais je n'avais pas non plus envie de me retrouver avec les perdants. Ni d'être celle qui fait perdre sa classe.

Finalement, Mme Hunter a prononcé la phrase qu'on attendait tous :

— C'est l'heure, les enfants. Vous êtes prêts ?

Personnellement, je n'étais pas prête du tout, au contraire même. Si j'avais eu un téléphone portable, j'aurais appelé ma mère pour prendre des nouvelles de Lady Serena Archibald. Je suis sûre que j'aurais été moins inquiète après. Pourquoi mes parents ne voulaient-ils pas que j'aie un portable ? Ce n'était vraiment pas juste.

Une fois qu'on s'est mis en rang, Mme Hunter nous a conduits vers l'escalier pour descendre au gymnase, et en bas, la classe de Mme Danielson nous a rejoints. Bien qu'il soit interdit de parler quand on est en rang, j'ai entendu Rosemary dire aux élèves de Mme Danielson :

— On va vous écraser !

Et elle a montré Caroline en ajoutant :

— Vous la voyez elle ? Je vous préviens tout de suite. Avec elle, vous êtes *morts* !

Je me suis demandé si les C.M.1 de Mme Danielson avaient peur de Rosemary, comme moi le jour où elle avait menacé de me massacrer. Elle n'en avait plus reparlé depuis, mais je ne me faisais pas d'illusions. Elle n'avait sûrement pas oublié ! Un jour ou l'autre, je me trouverais en travers de son chemin, et elle s'en souviendrait. Ce n'était qu'une question de temps.

En tout cas, les élèves de Mme Danielson ne semblaient pas particulièrement effrayés. Ils ont pris place sur les chaises qu'avait installées pour eux M. Elkhart, le monsieur qui s'occupe de l'entretien et des petits travaux dans l'école, et nous, on s'est assis sur les chaises alignées en face. Tout le monde parlait et riait, et on s'est encore plus agités en découvrant la rangée de dix chaises disposées sous le panier de basket, devant l'estrade. J'ai interrogé Erica.

— C'est pour les finalistes, m'a-t-elle expliqué.

J'ai espéré de tout cœur que je ne me tromperais pas, si par chance je me trouvais parmi les finalistes et que je devais me lever pour répondre devant tout le monde. Surtout devant Rosemary.

À ce moment-là, Caroline m'a soufflé à l'oreille :

— Allie... Je ne sais pas si je vais gagner aujourd'hui. J'ai vraiment mal au ventre.

— C'est les gâteaux, tu crois ? ai-je demandé.

Caroline a fait oui de la tête. Elle était toute pâle. Oh non ! Si Caroline ne remportait pas le championnat, on était *morts* (comme avait dit Rosemary à l'autre classe). Et la faute retomberait sûrement sur quelqu'un. Par exemple, sur celui ou celle qui donnerait une mauvaise réponse au dernier tour. Pourvu que ce ne soit pas moi !

Le championnat a commencé. À tour de rôle, Mme Hunter et Mme Danielson demandaient à un élève d'épeler un mot. Pour que ce soit juste, Mme Danielson interrogeait les élèves de Mme Hunter, et Mme Hunter les élèves de Mme Danielson. Ainsi, les maîtresses ne pouvaient pas avantager leur classe en choisissant l'élève qui connaissait le mot. L'élève interrogé devait se lever. S'il donnait la bonne réponse, il restait debout. S'il se trompait, il se rasseyait et était éliminé. À la fin, il ne resterait que dix élèves debout (les finalistes).

Il y avait déjà quatre éliminés dans la classe de Mme Danielson, et cinq dans la nôtre quand mon tour est arrivé. Mme Danielson s'est approchée de moi. Mon cœur battait tellement fort que j'ai eu un haut-le-cœur. « Faites que ce soit un mot facile, s'il vous plaît. Faites que ce soit un mot facile ! » J'avais déjà assez de soucis comme ça pour ne pas penser que la classe risquait de perdre à cause de moi ! C'est vrai, quoi. Quand on attend l'arrivée d'un chaton prématuré, connaître une défaite à un championnat d'orthographe est un stress supplémentaire dont on se passerait bien !

— « Balai », a dit Mme Danielson. Allie, épelle-nous le mot « balai ».

On ne pouvait pas rêver plus facile, avec toutes les histoires de sorcières que j'avais lues (quand j'étais petite) ! Je me suis levée sans craindre de me tromper, mais tout à coup j'ai vu Caroline qui fronçait les sourcils. Pourquoi avait-elle cet air inquiet ? Tout le monde savait épeler « balai »... Même Mark, en C.E.1, était capable d'épeler « balai ». Qu'est-ce que Caroline cherchait à me faire comprendre ?

J'ai réfléchi. Mais oui ! Il y avait un homonyme ! Un mot qui se prononçait de manière identique, mais s'écrivait différemment et n'avait pas le même sens.

Ouf ! Pour mon premier mot, j'avais failli tomber dans le panneau !

— Dans quelle phrase, par exemple ? ai-je demandé.

— Hier, nous avons vu un très joli ballet de danse classique, a répondu Mme Danielson.

Oh, là, là ! Et moi qui étais sur le point de donner la mauvaise réponse ! J'aurais été éliminée à cause d'une simple erreur d'étourderie. Heureusement que j'avais regardé Caroline !

— « Ballet » ai-je répondu. B-A-L-L-E-T.

— Très bien, a dit Mme Danielson en souriant. Tu peux rester debout.

J'ai regardé Mme Hunter et elle m'a adressé un grand sourire. Qu'est-ce que j'étais soulagée ! Je n'avais pas fait perdre de point à la classe. J'ai jeté un coup d'œil à Rosemary. Elle ne m'a pas particulièrement souri, mais elle ne semblait pas avoir envie de me massacrer non plus. Quant à savoir ce qu'elle pensait vraiment... Je ne me suis pas attardée sur la question, parce que Sophie, qui était assise à ma gauche (j'avais Erica à ma droite), m'a donné un coup de coude et a chuchoté :

— Regarde !

C'était le tour du Prince Peter, en face, dans la classe de Mme Danielson. Il s'est levé, très beau dans un pull vert cette fois, et a épelé correctement le mot « passionnément ».

— C'est comme ça que je l'aime, m'a chuchoté Sophie. *Passionnément.*

On s'est mises à pouffer toutes les deux. Mme Danielson a regardé dans notre direction et a dit d'une voix sévère :

— Sophie et Allie !

On a tout de suite arrêté de rire. Je suis tellement contente d'avoir Mme Hunter comme maîtresse, et pas Mme Danielson. Elle, elle est vieille et elle a le cou tout plissé. Je suis sûre que je pleurerais souvent si j'avais Mme Danielson comme maîtresse.

Le championnat continuait. Au bout d'un moment, il y a eu plus d'élèves assis que debout – et j'étais debout ! Sophie s'était trompée sur « surexcité – qui est un mot difficile – et Erica avait mal épelé « embarrasser ». Moi aussi, j'aurais mis seulement un *r*. Après, j'ai eu « orang-outan ». Ça, c'était fastoche pour moi, parce que j'adore les animaux. Quand j'étais en C.E.1, j'étais passionnée par les grands singes.

Et tout d'un coup, je me suis retrouvée parmi les dix finalistes ! Je n'en revenais pas ! Avec Caroline et un autre garçon de la classe qui s'appelle Lenny Hsu, on s'est dirigés vers les chaises alignées sous le panier de basket. On était les seuls élèves de Mme Hunter. Tous les autres, y compris Peter Jacobs, étaient dans la classe de Mme Danielson.

Caroline ne se sentait pas bien, ça se voyait. Elle était verte et elle transpirait. Incroyable quand même ! Deux jours après avoir mangé trop de gâteaux, elle avait *toujours* mal au ventre. C'est vrai qu'elle en avait *beaucoup* mangé. Les gâteaux de Mme Harrington sont tellement bons.

Au bout de deux tours, Lenny s'est trompé sur « cependant » et a dû s'asseoir. Ensuite, Mme Danielson a demandé à Caroline d'épeler « pédiatrique ». Et elle a perdu !

J'en suis restée stupéfaite, et je n'étais pas la seule. Personne n'en revenait dans le gymnase. La super championne, éliminée ? En plus, sur un mot facile, même si on ne l'écrit pas tellement souvent. Qu'arrivait-il à Caroline Wu ?

C'était incompréhensible, sauf pour celles d'entre nous qui connaissaient les gâteaux aux pépites de chocolat de Mme Harrington.

À présent, il ne restait plus que moi de la classe de Mme Hunter, debout devant tout le monde – avec le Prince Peter. Quelle angoisse ! J'étais sûre que j'allais rater. Parce que *Quand la mère de votre chaton est en train d'accoucher prématurément chez le vétérinaire et que vous ne savez pas si vous allez avoir un chat ou non, et qu'en plus une fille de votre classe va sûrement vous massacrer si vous vous trompez, c'est difficile de se concentrer sur l'orthographe des mots.*

C'est une règle.

Mais j'ai essayé de ne pas me décourager. Qui sait ? J'allais peut-être m'en sortir, après tout. Peut-être que Mme Danielson me demanderait d'épeler « égocentrique » ? Alors, ma classe gagnerait le championnat, on me porterait en triomphe, et tout le monde à l'école cesserait de me voir comme La Nouvelle...

... et Rosemary Dawkins ne voudrait plus me massacrer.

Pourquoi pas ?

Règle n° 5

Les amies – et les Reines – ne laissent pas l'une des leurs se faire massacrer.

Eh bien non ! Ce n'est pas du tout ce qui s'est passé.

Je suis devenue de plus en plus stressée, parce que tous les élèves de ma classe, menés par Rosemary, se sont mis à scander mon nom chaque fois que je donnais une bonne réponse. AL-LIE ! AL-LIE !

Ça ne m'aidait pas tellement. Au contraire. J'avais *encore plus* peur de rater. Mes mains étaient moites, et j'avais terriblement envie d'aller dans le couloir pour boire de l'eau.

Mais impossible, évidemment. Pas pendant le championnat d'orthographe des C.M.1 ! C'était trop important. Parce que notre classe devait absolument gagner… Et pour que Rosemary Dawkins ne me réduise pas en bouillie.

J'ai pensé soudain que Lady Serena Archibald était peut-être en train de mourir. En cette minute précise. Je veux dire, mourir *pour de vrai.* Et moi, je n'en savais rien ! J'étais à l'école, en train de disputer un stupide championnat d'orthographe. Quel intérêt ? De toute façon, quand je serai grande, j'aurai un ordinateur comme mon père et ma mère, avec un vérificateur d'orthographe. Alors, à quoi bon savoir écrire sans faire de fautes ?

En plus, je veux être vétérinaire plus tard. Comme celui qui en ce moment même, je l'espérais, allait sauver la vie de Lady Serena. Pourquoi aurait-on besoin de l'orthographe pour être un bon vétérinaire ?

La voix de Mme Danielson m'a ramenée au présent.

— Allie ? Tu es prête ?

C'était de nouveau mon tour. Quoi ? Déjà ? Je venais à peine d'épeler « anarchie » ! J'étais épuisée. Ça faisait pratiquement deux nuits que je ne dormais pas.

Entraînés par Rosemary, les garçons assis au dernier rang continuaient à scander : « AL-LIE ! AL-LIE ! » Tous les élèves de ma classe comptaient sur moi. Moi, La Nouvelle. Je ne pouvais pas les décevoir !

— Allie, a dit Mme Danielson. Épelle-nous « à travers ».

J'ai essuyé mes mains sur mon jean. Ouf ! C'était un des mots dans la liste des mots invariables que j'avais dû apprendre par cœur l'année dernière. Facile.

Mais tout à coup, j'ai hésité. En deux mots, ou avec un tiret ? Comme au-dessus ? Et au-dessous ? Non, non... C'était en deux mots, avec un accent sur le *a* (on ne pouvait pas dire « avait »). J'ai cherché Caroline du regard pour qu'elle m'encourage. Mais elle avait disparu. On l'avait sans doute emmenée à l'infirmerie. Oui, j'étais *sûre* que c'était en deux mots. Et pour l'accent aussi, je n'avais aucune hésitation, alors je me suis précipitée :

— « A » avec accent, ai-je dit. Plus loin, « traver ». T-R-A-V-E-R.

— Faux, a dit Mme Danielson.

« Quoi ? Oh non ! »

Toute ma classe a poussé un énorme « oh ! » de déception. Mais celui qu'on a entendu le plus, c'était le « oh » de Rosemary.

Et voilà. Terminé. J'étais morte ! Tête basse, les yeux fixant mes chaussures, je suis retournée m'asseoir entre Erica et Sophie. Elles m'ont toutes les deux gentiment tapoté le bras pour me soutenir.

— Moi aussi, a dit Erica, j'aurais dit comme toi.

Ça ne m'a pas franchement remonté le moral. J'ai jeté un coup d'œil à Rosemary par-dessus mon épaule, et j'ai vu qu'elle me regardait en plissant les yeux pour me faire comprendre que j'étais morte. Dès qu'on serait sortis du gymnase...

Le championnat a pris fin quand Peter a épelé correctement « à travers ». (Avec un *s*, évidemment, puisqu'on peut penser à « traverser ». Je le savais, en plus !) C'était donc à la classe de Mme Danielson de célébrer la victoire. Et Rosemary me détestait encore plus qu'avant, ce qu'elle n'a pas tardé à me prouver quand on est remontés pour récupérer nos manteaux avant de partir déjeuner. Elle s'est penchée vers moi et m'a soufflé à l'oreille :

— Je vais quand même te faire la peau, Allie. Ne t'inquiète pas, je n'ai *pas du tout* oublié.

Caroline, qui était revenue de l'infirmerie, a entendu Rosemary.

— Allie, m'a-t-elle chuchoté avec anxiété. Il *faut* que tu ailles le dire à Mme Hunter. Si tu ne le fais pas, *moi*, je lui raconterai.

— Non. Je vais me débrouiller. Je t'assure... Ce n'est pas grave.

Caroline m'a regardée d'un drôle d'air, comme pour dire : « Qu'est-ce que tu racontes ? *Pas grave ? !* »

Je ne voulais surtout pas que Mme Hunter soit au courant et qu'elle punisse Rosemary. Parce que Rosemary serait *encore plus* furax contre moi.

Bien sûr, *S'imaginer qu'on va pouvoir se débrouiller, et se débrouiller* réellement, *sont deux choses bien différentes* (c'est une règle). Mais ça, je l'ai compris plus tard. En partant déjeuner, Sophie, Caroline, Erica et moi, on a croisé Peter Jacobs dans l'escalier.

— C'est dommage d'avoir été éliminée à cause de « à travers », m'a-t-il dit. J'espère que tu ne m'en veux pas d'avoir gagné, Allie.

Mes joues se sont aussitôt empourprées. Le Prince Peter savait comment je m'appelais ! Mais oui, bien sûr... Les élèves avaient scandé mon prénom pendant le championnat. J'ai regardé Sophie du coin de l'œil, et j'ai vu qu'elle était aussi rouge que moi.

— Allie s'est trompée parce qu'elle pensait à son chaton, a expliqué Erica. La mère est en train d'accoucher chez le vétérinaire et elle risque de mourir.

— Oh ! a dit Peter, et son sourire taquin a fait place à une expression inquiète. Je comprends... Tu avais la tête ailleurs. J'espère que ça va bien se passer.

— Merci, Prin... euh, Peter.

Oh, là, là ! J'avais failli l'appeler *Prince* Peter ! Sophie a pouffé en se retenant d'éclater de rire. Moi aussi, j'ai baissé les yeux et j'ai regardé droit devant moi pour garder mon sérieux. Heureusement, Peter est vite parti, et on a été prises d'un fou rire toutes les quatre. On n'arrivait plus à s'arrêter.

— Pourquoi vous riez ? a demandé Kevin quand on l'a retrouvé devant sa classe.

— Je n'y crois pas, c'est trop drôle ! a dit Sophie qui pleurait littéralement de rire.

— Pour rien, a répondu Caroline en prenant Kevin par la main. Viens, on y va.

— Oooh ! a gémi Kevin, tout triste parce qu'il aurait bien aimé être mis dans la confidence.

On a franchi le portail de l'école.

— C'était gentil ce qu'a dit Peter, a fait remarquer Erica. À propos de Lady Serena.

— Oui, ai-je fait.

J'ai acquiescé sans trop de conviction. À dire vrai, je pensais à peine à Peter, tellement j'étais tourmentée par la méchanceté de Rosemary. Et surtout, tellement j'avais peur pour Lady Serena. Elle était peut-être en train de mourir !

Une fois à la maison, ma mère est venue vers moi pendant que j'accrochais mon manteau dans le débarras à côté du garage. (Quand elle a appris que Grand-mère allait venir nous rendre visite, ma mère a décidé que dorénavant, Kevin, Mark et moi, on entrerait dans la maison en passant par le garage. Dans l'espoir qu'on ne laisse pas traîner nos affaires partout.)

— Allie... Je viens d'avoir Mme Hauser au téléphone.

Mon cœur s'est arrêté de battre pendant au moins *deux* secondes.

— Et ?

J'ai croisé les doigts. Faites que ce soit une bonne nouvelle ! Et si seulement l'inquiétude pouvait servir à quelque chose... De ce point de vue-là, j'avais vraiment fait tout mon possible !

— Et alors... Lady Serena a accouché de six chatons.

J'ai retenu mon souffle. Six chatons !

— Oh ! me suis-je exclamée.

— Ne te réjouis pas trop vite, a ajouté ma mère avec une mine grave. Ils sont nés *beaucoup* trop tôt, et le vétérinaire n'est pas sûr qu'ils survivent.

— Oh, ai-je répété, mais cette fois d'une voix abattue.

— La bonne nouvelle, a continué ma mère, c'est que Lady Serena va bien. Pour Mme Hauser, c'est le plus important. Sa chatte était bien trop petite pour avoir une portée aussi nombreuse.

C'est vrai que Lady Serena est toute fine et qu'elle a l'air assez fragile. J'ai suivi ma mère dans la cuisine. Pour le déjeuner, elle avait prévu une soupe en sachet à réchauffer au micro-ondes, avec du fromage et des croûtons.

— Est-ce que je pourrais aller voir les chatons à la clinique vétérinaire ? ai-je demandé. Et Lady Serena aussi, bien sûr.

— Oh non, ma chérie, a répondu ma mère. Lady Serena est encore dans l'unité de soins intensifs.

Je me suis demandé comment j'allais choisir mon chaton. Mme Hauser m'avait promis que je serais la première à qui elle montrerait la portée. C'était égoïste de ma part, je sais, de penser à ça alors que les bébés de Lady Serena étaient encore si petits et si faibles.

— C'est beaucoup trop tôt, a dit ma mère quand je lui ai posé la question. Les chatons n'ouvriront les yeux que dans une dizaine de jours. Mme Hauser dit qu'ils sont tout lisses et n'ont pas encore de poils.

— Comme les salamandres, est intervenu Mark.

— Tais-toi ! ai-je dit à mon frère, qui m'agaçait vraiment tout à coup. Les chatons n'ont rien à voir avec les salamandres.

— Si, quand ils sont petits. Et qu'ils n'ont pas de poils.

— Non, ce n'est pas vrai ! Maman... Dis-lui d'arrêter.

— Mark, cesse de taquiner ta sœur, a grondé ma mère. Et toi, Allie, il va te falloir un peu de patience. Ce n'est pas facile pour Mme Hauser non plus... Allez, assieds-toi et mange. Comment ça s'est passé à l'école aujourd'hui ?

— Allie a perdu le championnat d'orthographe des C.M.1, a dit Kevin, l'air de rien, tout en mangeant ses croûtons et son fromage avec ses doigts. Devant tout le monde ! Et un garçon qui s'appelle Peter lui a parlé.

Heureusement, Kevin ignorait tout de Rosemary et de ses intentions. *Ça*, il ne l'avait pas entendu. En tout cas, à cause de lui, ma mère m'a questionnée sur le championnat. Quand vos parents vous interrogent à propos de l'école, c'est important de leur raconter quelque chose. Mais *pas tout*. Parce que si vous leur dites tout, parfois ils appellent la maîtresse pour se plaindre, et après ça risque d'être pire.

C'est ce qui m'est arrivé quand j'étais en C.E.1, et qu'un garçon essayait tout le temps de m'embrasser à la récréation. (Plus tard, j'ai compris que c'était parce qu'il m'aimait bien. *Berk !*) Je l'ai raconté à ma mère, et elle a appelé la mère du garçon, et il a été privé de console. Il était tellement furieux qu'il a cassé tout le village que j'avais construit en brindilles pour les petits nains invisibles qui habitent sous la terre. (J'avais beaucoup d'imagination en C.E.1.)

Donc, *Il ne faut pas tout raconter à sa mère. Surtout si à cause d'elle, ça risque d'être pire après,* ce qui est le cas avec la mienne.

C'est une règle.

Ma mère a fini par me libérer et j'ai pu retrouver Erica dehors. Pendant qu'on retournait à l'école en marchant lentement dans les feuilles mortes, on a discuté de Lady Serena. Erica était d'accord avec moi. Ce n'était pas juste qu'on ne me laisse pas aller la voir ! J'ai un vrai don avec les animaux et j'aurais sûrement aidé le vétérinaire. Chez moi, je suis la seule à m'occuper de Marvin, notre chien, à part mon père qui le promène. Une fois, je l'ai soigné pour un ongle incarné. D'accord, l'ongle n'était pas enfoncé très profondément, mais si on l'avait laissé à l'intérieur, sa patte se serait peut-être infectée. Comment ma mère avait-elle pu oublier ça ?

On a retrouvé Sophie et Caroline devant le stop, au croisement de leur rue. Le père de Caroline lui avait donné un médicament pour son mal au ventre, et elle se sentait beaucoup mieux maintenant. Mais elle était désolée de nous avoir laissés tomber pendant le championnat. Sophie a fait remarquer que notre souci, pour l'instant, ce n'était pas Caroline ni la victoire du Prince Peter, mais... Ce qu'on allait faire pour régler le problème Allie-Rosemary.

— Quel problème ? ai-je demandé de ma voix la plus innocente.

— Elle t'en veut vraiment, Allie ! a dit Caroline. Encore plus maintenant à cause du championnat. Elle déteste perdre.

— Alors, on doit absolument protéger Allie, a décrété Erica. C'est ce que les Reines font entre elles, non ?

— Protéger Allie ? a dit Sophie avec un air un peu effrayé. Comment ça ? Je veux dire... Rosemary est bien plus grande que nous. Et beaucoup plus forte.

— Pas si on reste ensemble, a répliqué Caroline. Erica a raison. On n'a qu'à être les gardes du corps d'Allie pour qu'elle ne se retrouve jamais seule dans la cour. Rosemary n'osera rien faire contre nous quatre, et on peut toujours aller prévenir Mme Hunter.

J'étais très émue. Sincèrement. Je me sentais pleine d'amour pour mes amies. Elles étaient tellement attentionnées avec moi, et pourtant j'étais La Nouvelle. Elles se comportaient comme de vraies amies, même si aucune ne s'était encore déclarée ma meilleure amie.

— Merci, ai-je dit. Mais vous n'êtes pas obligées.

— Si ! a dit Caroline. C'est à ça que servent les amies.

— Et les Reines, a ajouté Erica. N'oubliez pas les Reines !

Sophie avait encore peur, mais elle a acquiescé :

— Oui, c'est vrai, a-t-elle dit.

J'ai failli me mettre à pleurer devant tant de gentillesse. En tout cas, je confirme : *Les amies – et les Reines – ne laissent pas l'une des leurs se faire massacrer.*

Bien sûr que c'est une règle.

Règle n° 6

Pour résoudre un conflit, il vaut toujours mieux éviter la violence.

Mais Caroline, Sophie et Erica ne pouvaient pas être *tout le temps* avec moi pour me protéger de Rosemary Dawkins.

Par exemple, quand Mme Hunter m'a envoyée apporter un message à Mme Jenkins, la directrice. J'étais en train de remonter l'escalier quand je suis tombée sur Rosemary. Elle sortait des toilettes. J'ai pensé qu'elle avait peut-être demandé la clé, *exprès* pour m'attendre. Et aussitôt, je me suis dit que non, elle ne me détestait quand même pas à ce point-là ! Mais pendant que je continuais à monter, comme si de rien n'était, elle m'a lancé :

— Tiens, voilà *la perdante*. Salut, *la perdante* !

J'ai regardé autour de moi, en faisant semblant de chercher à qui elle pouvait bien parler. Mais il n'y avait que M. Elkhart qui était en train de passer la serpillière. Je savais qu'elle ne s'adressait pas à lui. D'abord, parce qu'elle n'aurait pas utilisé le féminin, et en plus, parce qu'*On doit être respectueux quand on parle aux adultes*. C'est une règle.

En tout cas, j'avais de la chance que M. Elkhart soit là. Vu qu'il avait arrêté de passer la serpillière pour nous regarder, Rosemary n'a pas pu me pousser, me mettre à terre, me donner des coups de pied... Enfin, tout ce que j'imaginais.

— Tiens... Tu es là, Rosemary ! ai-je dit en passant le plus loin possible d'elle.

Rosemary ne pouvait pas me frapper, mais elle s'est mise à chantonner :

— Oh, la peureuse ! Oh, la peureuse !

Je me suis dépêchée de retourner en classe. Mme Hunter m'avait donné la permission de sortir pour apporter un mot à Mme Jenkins, pas pour traîner dans les couloirs avec Rosemary. Quand je me suis rassise à ma place, Erica a remarqué que Rosemary rentrait juste après moi et déposait la clé des toilettes sur le bureau de la maîtresse. Aussitôt, elle s'est tournée vers moi pour m'interroger avec un regard affolé : *ça va ?*

J'ai ouvert mon livre de grammaire à la bonne page, j'ai pris un air super concentré et je n'ai rien dit (surtout qu'on ne doit pas bavarder en classe) jusqu'à la récréation. Là, à l'abri dans notre château imaginaire derrière les buissons, j'ai tout raconté à Erica, à Sophie et à Caroline.

— Ça ne peut pas durer ! s'est exclamée Sophie. Il faut absolument faire quelque chose.

Caroline aussi était outrée.

— Oui ! On devrait le dire à Mme Hunter.

— NON ! me suis-je écriée (en même temps que Sophie).

Sophie a argumenté que si on rapportait, Rosemary serait encore plus furieuse.

— Il doit bien y avoir un autre moyen, a dit Erica.

— Allie pourrait peut-être prendre des cours de self-défense, a suggéré Sophie.

— Qu'est-ce que c'est ? a demandé Erica.

— Une technique de combat pour se défendre quand on est attaqué, a expliqué Caroline. Mais moi, je suis contre. Pour résoudre un conflit, il vaut toujours mieux éviter la violence.

La phrase de Caroline me plaisait bien. D'ailleurs, j'ai pensé que ce devrait être une règle. Mais apparemment, tout le monde ne partageait pas mon avis.

— Mon grand frère m'a montré une fois, a dit Sophie. Il connaît tous les endroits du corps où ça fait le plus mal, quand on frappe. Sur l'os du pied, par exemple. Si Allie écrasait le pied de Rosemary avec son talon, elle pourrait s'enfuir pour chercher de l'aide. C'est vraiment ce qu'il y a de mieux à faire dans ce genre de situation.

— Et si Rosemary porte des bottes ? a demandé Erica.

— Alors, sur la partie externe de la cuisse, a répondu Sophie sans se démonter.

— Mais je ne donne jamais de coups de pied, moi ! ai-je dit, horrifiée.

En fait, si. Je donne tout le temps des coups de pied à mes frères quand ils ne veulent pas me rendre la télécommande. Mais *pas fort*. Juste pour leur rappeler que *Je suis l'aînée, donc on doit m'obéir.* C'est une règle, évidemment. Mais ils ont tendance à l'oublier.

À part à eux, je n'ai jamais donné de coup de pied à personne. Sauf une fois, à mon cousin Todd. Mais il a mon âge, et en plus, il le méritait parce qu'il critiquait notre maison en disant que c'était une « vieille baraque ». Je ne parle pas de notre nouvelle maison, mais de l'ancienne, qui était un pavillon au milieu d'un lotissement datant des années soixante (c'est mon père qui me l'a dit).

Bref, il racontait n'importe quoi. Et comme il n'a même pas pleuré, j'en ai conclu que je n'avais pas tapé très fort.

— Avec Rosemary, tu seras obligée, a dit Sophie. Parce que sinon, tu es morte. Tu lui donnes un coup de pied et tu t'enfuis en courant. C'est ta seule chance de survivre !

— Non, a dit Caroline. Je suis *contre* la violence, sous toutes ses formes. *Même* si c'est pour se défendre.

— Alors pourquoi, quand on joue aux Reines, tu veux bien qu'on coupe la tête des méchants seigneurs ? a demandé Sophie.

— Parce qu'on fait semblant, a répondu Caroline. Mais là, Allie est *réellement* en danger.

Comme si je ne le savais pas ! J'ai pensé que si Caroline était vraiment inquiète, elle aurait pu m'aider un peu plus pendant le championnat. Bon d'accord, elle avait eu mal au ventre... Mais quand même. Elle n'avait qu'à ne pas manger autant de gâteaux. Sophie a essayé de convaincre Caroline.

— Il s'agit seulement de neutraliser l'adversaire. Comme ça, Allie peut courir chercher de l'aide.

— Qu'est-ce que ça veut dire, « neutraliser » ? a demandé Erica.

— Faire que Rosemary ne puisse plus bouger pendant un moment, parce qu'elle se tord de douleur, par exemple.

— Oh ! a fait Erica.

— Ça ne marchera pas, a dit Caroline.

J'étais plutôt de l'avis de Caroline. Je pensais que neutraliser Rosemary (ou tout raconter à Mme Hunter) la mettrait encore plus en colère. En fait, quoi que je fasse, ce serait pire.

Mais alors ? Comment allais-je m'en sortir ? Il fallait que je demande conseil à quelqu'un. Quelqu'un qui avait l'expérience de ce genre de situation et qui pourrait peut-être m'aider à trouver une solution. Et je savais exactement à qui m'adresser.

Quand je suis rentrée de l'école, mon père était dans la chambre d'amis (avec Mark) en train de monter le lit où dormirait Grand-mère. Je l'ai entendu jurer et dire plein de gros mots. Mon père enseigne l'informatique à l'université et s'il est très doué avec les ordinateurs, il est beaucoup moins habile pour monter des lits. Chez nous, si on dit un gros mot, on doit mettre vingt centimes dans une cagnotte. Quand on a assez de pièces, on emmène notre chien Marvin faire un toilettage. Il en ressort tout beau et tout propre, mais en général, il se roule dans la poussière à la première occasion parce qu'il n'aime pas l'odeur du shampooing.

Je n'ai pas montré à mon père que je l'avais entendu jurer. Tant pis... Je voulais avoir une conversation sérieuse avec lui.

— Papa ? ai-je demandé. Comment on fait pour se battre avec quelqu'un ?

Mark s'est mis à rire. Je ne voyais pas ce qu'il y avait de drôle.

— Pou che battre ave quelqu'un ? a répété mon père d'une voix bizarre, parce qu'il avait coincé une vis entre ses dents pour ne pas la perdre. Pourquoi veux-tu te battre ?

— Pas moi. C'est *quelqu'un* qui veut se battre avec moi.

— Qui ça ? a demandé Mark, en présentant un boulon à mon père.

— Personne.

Moins vos petits frères en savent sur votre vie, mieux ça vaut pour vous.

C'est une règle. Une règle *très* importante.

— La meilleure tactique quand on se bat, a dit mon père, c'est de donner un coup de poing dans le nez de l'adversaire.

— Pourquoi le nez ?

— Parce que… m'a expliqué mon père tout en tournant la vis dans le boulon, parce que ça fait vraiment mal. Et comme le nez est composé de cartilage, on ne se meurtrit pas la main. Tandis qu'en frappant la bouche, on peut se blesser sur les dents. Ou sur les os, quand on touche la mâchoire ou l'œil.

— Dis donc, papa… a soufflé Mark avec admiration. Tu as donné pas mal de coups de poing, hein ?

— Pas du tout, a répondu mon père. Mais j'en ai beaucoup reçu à l'école.

J'ai serré mes poings et je les ai regardés. Jamais je n'y arriverais... Rosemary était beaucoup plus grande que moi. Je n'étais pas sûre d'atteindre son visage.

— Non, non, a fait mon père. Ce n'est pas comme ça qu'on ferme le poing. Attends...

Il a lâché le cadre du lit, qui n'était pas encore assemblé, et s'est levé pour s'approcher de moi.

— Surtout, ne mets jamais ton pouce à l'intérieur. Tu risques de le casser quand tu frappes. Laisse-le à l'extérieur. Comme ça.

Mon père m'a montré comment serrer le poing. Mark aussi a tenu à me montrer son poing bien fermé, mais je suis sûre qu'il ne s'est jamais battu de sa vie. Sauf avec moi. Et dans ces cas-là, je gagne toujours. Je m'assieds sur lui et je fais comme si j'allais lui cracher dessus. C'est une très bonne méthode. Enfin, seulement avec des petits frères.

— Oui, très bien, a dit mon père. Maintenant, essaie de me frapper. Là, dans la main...

Il m'a présenté la paume de sa main.

— Non, ai-je déclaré en baissant mon poing. Je ne peux pas.

— Mais si, tu peux, a insisté mon père. Allez, vas-y. Frappe. De toutes tes forces.

Mais je n'avais pas envie de donner un coup de poing à mon père. Ni à *personne* ! D'un autre côté, je ne souhaitais pas non plus *recevoir* un coup de poing. Alors s'il fallait choisir, entre frapper et être frappé...

J'ai reculé mon bras et j'ai frappé dans la main de mon père. Pas de toutes mes forces, parce que je ne voulais pas lui faire mal. Sa main n'a même pas bougé. Mark a ri.

— Très bien ! s'est exclamé mon père en lui lançant un coup d'œil désapprobateur. Mais tu peux faire mieux.

J'ai fusillé Mark du regard. Il se moquait ! J'aurais bien aimé voir comment il frapperait son propre père, lui.

— Qui est ce garçon qui veut se battre avec toi ? a demandé mon père. Qu'est-ce que tu lui as fait ? Tu lui as mal parlé ?

— Ce n'est pas un garçon. C'est une fille.

Mon père a eu l'air étonné.

— Une fille ? Je ne savais pas que les filles se battaient. Qu'elles se disputaient, oui, mais...

— Oh si, elles se battent, l'ai-je assuré, et mon estomac s'est contracté comme chaque fois que je pensais à Rosemary. Elle dit qu'elle va me massacrer.

Mon père a réfléchi.

— Bon, a-t-il déclaré. Alors, imagine-toi que c'est elle à ma place.

Il m'a de nouveau présenté la paume de sa main.

— Recommence. Et ne frappe pas seulement avec ton bras. Utilise la force de tout ton corps.

— Papa… ai-je murmuré, assez mal à l'aise.

— Allez !

— Vas-y, Allie, a dit Mark. Cogne !

J'ai pris une profonde inspiration. J'ai fermé les yeux... Et je me suis rappelé ma peur, dans le couloir, quand j'avais vu Rosemary (avant de remarquer la présence de M. Elkhart). J'ai rouvert les yeux et j'ai frappé dans la main de mon père, en y mettant toute ma force.

— Aïe ! a dit mon père en secouant la main comme s'il avait mal. Bravo, Allie !

— Oui, c'était bien ! a confirmé Mark. J'ai entendu les os de sa main qui ont craqué. Hein, papa ?

— Ça suffira pour aujourd'hui, a déclaré mon père. Côté technique, tu es prête. Maintenant, on va parler stratégie.

PAF!

— Stratégie ?

De sa main que je venais de frapper, mon père a attrapé sa tasse de café.

— Oui. Quand doit avoir lieu cette bagarre ?

— Je ne sais pas. Quand elle me sautera dessus. C'est elle qui décide. Et elle est beaucoup plus grande que moi.

— C'est une C.M.2 ? a demandé Mark, impressionné.

Je ne voulais pas lui dire la vérité. Surtout qu'il connaissait Rosemary. Il jouait au foot avec elle tous les jours à la récré. Est-ce qu'il l'aimait bien ? Je n'en étais pas sûre. À la différence du Prince Peter, Rosemary était méchante avec les plus petits. Mais Mark était plutôt un dur, il n'avait peut-être même pas remarqué.

Sans répondre à la question de mon frère, j'ai demandé :

— Et si je n'ai pas le bras assez long pour toucher son nez ?

Mon père a eu l'air songeur.

— Alors, vise le ventre... Elle se pliera en deux et là, tu la frappes sur le nez. Mais attends... Tu devrais peut-être en parler avec ta mère.

— Non !

Mark aussi a fait un signe négatif de la tête.

— Maman va appeler la maîtresse, a-t-il dit, et la maîtresse parlera à la fille. Alors elle saura qu'Allie a rapporté, et elle voudra encore plus lui faire mal.

J'ai adressé un regard plein de gratitude à Mark. Les petits frères sont souvent vraiment pénibles, mais c'est bien aussi d'en avoir, parce qu'ils vous comprennent. C'est normal, ils vivent les mêmes choses et éprouvent les mêmes sentiments.

— Elle attendra qu'il n'y ait personne, a continué Mark, et au moment où Allie n'y pensera plus, elle lui tombera dessus... Et BOUM !

Parfois aussi, les petits frères exagèrent un peu.

— C'est pour ça qu'Allie doit être bien préparée, a conclu Mark.

— Je comprends, a dit mon père, un peu hésitant. Mais tout de même... Ta mère n'aimerait pas apprendre que tu t'es battue.

— Mais papa, Mark a raison. Il faut bien que je sache me défendre, non ? Maman ne sera pas toujours là pour me protéger vingt-quatre heures sur vingt-quatre.

À présent, mon père avait l'air franchement mal à l'aise.

— Oui, bien sûr, a-t-il dit. Mais...

J'ai sursauté, comme si j'avais entendu un bruit, et j'ai fait mine de tendre l'oreille.

— Je crois que maman m'appelle. Je vais voir ce qu'elle veut...

Et je suis partie. Bien sûr, je n'avais rien entendu. J'avais inventé n'importe quoi pour ne plus avoir à parler de Rosemary et de ce qu'elle pourrait faire si mon père mettait ma mère au courant. Parce que si mon père mettait ma mère au courant, ma mère appellerait Mme Hunter, et si Mme Hunter grondait Rosemary...

Quand je suis entrée dans la cuisine, ma mère venait de raccrocher le téléphone.

— Bonne nouvelle, a-t-elle dit.

Je me suis laissée aller à rêver... La bonne nouvelle, ce pourrait être que Rosemary Dawkins avait été choisie pour être la star d'une série télévisée... qu'elle partait vivre à Hollywood et que je ne la reverrais plus jamais... Mais bien sûr, ce n'était pas possible.

— Mme Hauser vient de m'annoncer que Lady Serena et les chatons allaient rentrer à la maison. Tout le monde se porte bien. Lady Serena a commencé à les allaiter. Dans quelques jours, leurs poils auront poussé et leurs yeux s'ouvriront. Tu pourras aller en choisir un... Mais il devra rester avec sa mère pendant environ six semaines, jusqu'à ce qu'il soit sevré.

Sur le moment, je suis restée pétrifiée, incapable de parler. Enfin une bonne nouvelle ! Avec tous les soucis que j'avais en tête ces jours-ci, je n'arrivais pas à y croire.

— Est-ce qu'il y en a un tigré ? ai-je demandé. Gris et noir, avec des pattes et un ventre blancs ?

— Je ne sais pas, a répondu ma mère. Puisqu'ils n'ont pas encore de poils... Ils sont tout lisses, comme les salamandres.

— Arrêtez de les comparer à des salamandres ! me suis-je écriée. Les salamandres sont vertes et gluantes ! Alors que les chatons, c'est mignon !

— Ne crie pas, Allie, a dit ma mère. Je suis déjà assez stressée comme ça, avec ta grand-mère qui vient nous voir sans qu'on me demande mon avis.

— Pourquoi tu dis ça ? C'est bien, quand Grand-mère vient. Elle nous apporte toujours des cadeaux.

— Oui… a dit ma mère en ouvrant le congélateur.

Notre cuisinière n'était toujours pas arrivée, et ce soir, on mangeait des pizzas et de la salade. J'allais devoir enlever le fromage de ma part, et aussi la sauce tomate, pour respecter mon principe : *Ne jamais rien manger de rouge.*

— Mais la maison n'est pas tout à fait prête pour accueillir des invités, a soupiré ma mère.

— Papa a fini de monter le lit.

À ce moment-là, on a entendu une série de jurons à l'étage.

— Presque fini, ai-je corrigé.

— De toute façon, a repris ma mère, cette maison ne sera jamais assez prête pour accueillir ta grand-mère.

Je n'ai pas compris ce qu'elle voulait dire. Je le découvrirais plus tard, quand Grand-mère serait là.

Règle n° 7

Demandez conseil
aux personnes âgées,
elles savent tout.

J'ai réussi à éviter Rosemary – et donc à ne pas être obligée de lui donner un coup de poing dans le ventre ou dans le nez –, en ne sortant jamais seule en récréation : mes Reines m'accompagnaient toujours. Apparemment, Rosemary n'avait pas envie de s'en prendre à moi en présence de témoins. Je ne comprenais pas trop pourquoi, mais bon.

Juste au moment où je commençais à me sentir mieux, Mme Hunter a annoncé qu'il y aurait un autre championnat d'orthographe, et que cette fois, les dix finalistes de C.M.1 s'opposeraient aux dix meilleurs élèves de C.M.2. Le gagnant représenterait notre école au championnat départemental, puis régional, puis national, puis *mondial*. À condition, évidemment, qu'il existe un championnat d'orthographe au niveau mondial. Ce qui serait bien. Puisque je faisais partie des finalistes de C.M.1, j'allais donc concourir dans l'épreuve qui sélectionnerait le champion de notre école.

J'aurais dû me réjouir, n'est-ce pas ? Eh bien non, pas du tout. J'entendais déjà les AL-LIE ! AL-LIE ! de Rosemary, et une fois que j'aurais perdu, je pouvais m'attendre à être doublement massacrée. J'ai fait promettre à Erica de surveiller Caroline pour que cette fois, elle n'ait *aucune* occasion de s'empiffrer de gâteaux et de risquer d'avoir mal au ventre. Mais quand même, je n'étais pas rassurée.

Heureusement, je pensais à ma grand-mère – et aussi à mon chaton que je pourrais bientôt choisir. Si je n'avais pas eu ça pour me soutenir, je crois sincèrement que je me serais mise au lit en rabattant les couvertures sur ma tête.

Comme mon père, je savais que Grand-mère me serait d'une aide précieuse pour l'histoire avec Rosemary. Pourquoi ? Parce que ma grand-mère est très, très vieille, et que les personnes âgées sont toujours de bon conseil (en tout cas, c'est ce qu'on voit à la télé). Bref, Grand-mère me paraissait la personne idéale (en plus de mon père) pour savoir comment m'y prendre avec Rosemary. Une fois, je lui avais parlé de mon problème avec les tomates –, quand il y en a dans ce qu'on m'offre à manger. Ce qui arrive très fréquemment. Or j'ai pour principe de *Ne jamais rien manger de rouge*. Ce qui veut dire aussi, bien entendu, *Ne jamais rien manger avec des tomates dedans, ou dessus*. Je déteste les tomates. Et la dernière fois que Grand-mère est venue, j'ai été stupéfaite d'apprendre qu'elle aussi n'aimait pas ça ! Voici le conseil qu'elle m'a donné :

— Quand on t'en propose, tu n'as qu'à répondre tout simplement : « Non merci. »

C'est une réponse formidable, non ? *Les personnes âgées savent tout* (autre règle). Donc, quand le vendredi est arrivé et qu'on est allés la chercher à l'aéroport, je trépignais d'impatience. (Il me tardait aussi d'avoir Micha, de la ramener à la maison et de l'installer enfin dans son petit lit rose à baldaquin.)

En voyant Grand-mère descendre l'escalier mécanique, j'ai pris Mark et Kevin de vitesse et j'ai couru me jeter dans ses bras – même si pour ça, j'ai dû grimper l'escalier à l'envers. Ça ne l'a pas choquée. Bon d'accord, j'ai un peu bousculé les gens au passage, et eux n'étaient pas très contents.

— Oh, Allie ! m'a dit Grand-mère en me caressant les cheveux. Quelle belle coiffure tu as aujourd'hui !

— C'est moi qui l'ai inventée. J'ai fait trois couettes et une tresse.

— Très original... Mark ! Kevin ! Bonjour, mes enfants. Kevin, en quoi es-tu déguisé ?

— Je suis un pirate, Grand-mère, a répondu fièrement Kevin.

— C'est une phase, Ruth, a expliqué ma mère en s'approchant pour embrasser Grand-mère. Ça lui passera. Comment allez-vous ?

— Très bien, merci. Vous avez l'air en pleine forme, Elizabeth !

Grand-mère s'est tournée vers mon père.

— Bonjour, Thomas. Et Jay ? Il n'est pas là ?

Mon père a embrassé Grand-mère.

— Non. Il nous rejoindra tout à l'heure au restaurant... Il avait un travail important à rendre.

— Ça, je n'en doute pas, a dit Grand-mère. Quand on met six ans à préparer son diplôme de lettres en se spécialisant dans la poésie, j'imagine qu'on est très occupé. Qu'y a-t-il, Mark ? a-t-elle fait en se tournant vers mon frère qui la tirait depuis un moment par la veste de son tailleur.

— C'est pour toi, a répondu Mark.

Et il a levé une feuille, où il avait écrit *BIENVENUE GRAND-MÈRE* avec de la colle à paillettes sur du papier kraft. Ça faisait un peu bébé, mais Mark avait décidé de fournir le maximum d'efforts pour avoir son B.M.X.

— C'est très beau, l'a félicité Grand-mère. Tu veux bien le tenir à ma place ?

Je suis sûre qu'elle a dit ça parce qu'elle n'avait pas envie d'avoir des paillettes partout sur ses vêtements.

— Oui, a fait Mark, déçu.

C'était comme si, tout d'un coup, il voyait son B.M.X. s'évanouir devant ses yeux. J'ai failli me moquer de lui. Mais je me suis rappelé le lit à baldaquin que je voulais offrir à Micha. Mon petit chaton n'allait quand même pas dormir dans une boîte à chaussures toute sa vie ! Bref, j'avais intérêt à être aimable. Du coup, j'ai demandé :

— Tu as fait bon voyage, Grand-mère ?

— Non, c'était affreux ! a répondu Grand-mère pendant qu'on se dirigeait vers le tapis roulant où allait arriver sa valise. Avec des billets à ce prix-là, c'est une honte d'entasser autant de monde dans un si petit avion... Et on ne vous sert même pas un repas !

— Ce soir, on va au restaurant, a dit Kevin pour être gentil. Au Homard-Rouge. C'est pour ça que je me suis habillé en pirate. Les pirates mangeaient beaucoup de crustacés. C'est normal, puisqu'ils vivaient sur la mer.

— Tu t'habilles *toujours* en pirate, a fait remarquer Mark. Et je te signale que les pirates mangeaient surtout des galettes de blé noir.

— Ah bon ? a fait Kevin. Il me faudrait un livre sur les pirates pour savoir tout ça...

Mark et moi, on était dégoûtés. Kevin n'avait pas traîné pour faire comprendre ce qu'il voulait comme cadeau ! En plus, il demandait un livre alors qu'il ne sait même pas lire. De toute façon, Grand-mère ne l'écoutait pas.

— Je ne suis pas sûre de vouloir dîner au restaurant ce soir, disait-elle. Cet horrible voyage m'a épuisée. Je crois que je préférerais prendre un bain chaud, manger un bon croque-monsieur grillé à la poêle et me mettre au lit.

— Pour ça, il faudra manger dehors, a dit mon père. Nous n'avons pas encore de cuisinière.

Grand-mère s'est tournée vers mon père d'un air choqué.

— *Comment ?*

— On vous l'avait dit, Ruth, a répondu ma mère. Vous ne vous rappelez pas ? Notre cuisinière n'a pas encore été livrée.

— Mais ça ne va pas du tout ! Que faites-vous donc à manger à ces enfants ?

— Des roulés au fromage, ai-je expliqué. Et des flocons d'avoine au micro-ondes pour le petit déjeuner.

— Et du pop-corn, a dit Mark. Mais on n'en a eu qu'une fois seulement.

— Attention ! s'est exclamée maman en voyant que le tapis roulant se mettait en marche. Les bagages vont arriver. De quelle couleur est votre valise, Ruth ?

— Grise, avec un ruban rouge accroché à la poignée... Thomas, c'est inacceptable ! Pourquoi n'as-tu pas fait une scène au fabricant pour exiger qu'on te l'expédie de toute urgence ?

— J'ai essayé. Mais le modèle qu'on a commandé est en rupture de stock.

— Eh bien, changez-en.

— Non, c'est celui-là qui nous plaît.

— Quelle importance ? Une cuisinière en vaut une autre, non ? Vous n'allez pas faire les difficiles !

— Notre maison est ancienne, a dit maman. Elle a beaucoup de cachet, et nous voulons une cuisinière qui s'accorde avec le reste.

— C'est ta valise, Grand-mère ? a demandé Mark en désignant une valise grise avec un ruban rouge autour de la poignée.

Grand-mère a fait non de la tête.

— Il y a sûrement d'autres modèles qui iraient tout aussi bien avec le genre de la maison, a-t-elle insisté.

— Non, a dit ma mère. Dans le style rétro, nous n'avons trouvé que celle-là. Et en plus, nous voulions une six-feux. C'est tellement plus pratique.

— C'est celle-là, ta valise ? a demandé Mark, en désignant une autre valise grise avec un ruban rouge.

De nouveau, Grand-mère a fait non de la tête.

— Six feux ? Pourquoi donc avez-vous besoin de six feux ? Vous ne comptez pas ouvrir un restaurant, tout de même !

— Grand-mère… ai-je dit.

Tout d'un coup, je ressentais désespérément le besoin d'attirer son attention. Moi, je n'avais pas fabriqué de pancarte. Je ne m'étais pas déguisée en pirate. Tout ce que j'avais fait, c'était soigner ma coiffure.

— Tu sais, je vais participer à un championnat d'orthographe, ai-je annoncé. Contre des C.M.2 !

— C'est celle-là, Grand-mère ? a demandé Kevin en montrant du doigt une valise grise.

— Oui, a dit Grand-mère. Vite, attrapez-la avant qu'elle ne reparte pour un tour !

Mark, qui a voulu faire du zèle, a sauté sur le tapis roulant pour être aussitôt emmené avec la valise. Kevin a poussé un cri, ma mère s'est précipitée pour rattraper Mark, et les autres passagers ont pesté parce qu'ils ont dû s'écarter et laisser filer leurs bagages.

— Papa ! ai-je hurlé, affolée à l'idée que Mark disparaisse derrière le gros rideau en caoutchouc, au bout du tapis roulant.

— Fais quelque chose, Thomas ! s'est écriée Grand-mère, inquiète elle aussi.

À mon avis, le seul qui devait trouver la situation amusante, c'était Mark. Je suis même sûre qu'il aurait adoré passer de l'autre côté. Mais mes parents sont intervenus à temps : mon père a soulevé Mark dans ses bras et ma mère a attrapé la valise de Grand-mère.

— Eh bien ! a dit Grand-mère quand mes parents nous ont rejoints, un peu essoufflés tous les deux. Quelle émotion !

Deux heures plus tard (parce que l'aéroport est assez loin de chez nous), on était tous assis autour d'une table, au Homard-Rouge. Mark, Kevin et moi, on essayait de bien se tenir, vu que ça s'était plutôt mal passé les dernières fois qu'on était allés au restaurant. À la crêperie Waffle House, à la pizzeria Chez Tino et au restaurant chinois Lung Chung, on nous avait tout simplement priés de ne plus jamais revenir à cause du comportement de mes petits frères, et du mien aussi, un peu, c'est vrai. Pour ma défense, je tiens à préciser que si je me suis mal conduite, c'était uniquement parce que j'ai voulu protéger une pauvre petite tortue innocente, qui vit maintenant chez mon oncle Jay.

Mais on ne s'était pas encore fait renvoyer du Homard-Rouge. Et ce soir-là, mes parents nous avaient prévenus : si notre attitude n'était pas irréprochable, surtout en présence de Grand-mère, on n'aurait plus le droit de regarder la télévision jusqu'au lycée, et on serait privés de dessert jusqu'en 2042. Non seulement ça, mais en plus, je n'aurais pas mon chaton, Mark pouvait dire adieu à son B.M.X., et Kevin ne porterait plus jamais son costume de pirate.

Je trouvais que mes parents exagéraient un peu. En ce qui me concerne, il aurait juste suffi de me menacer de ne jamais avoir de téléphone portable. J'en rêve depuis une éternité !

Avant d'aller au restaurant, on avait fait un crochet par la maison pour que Grand-mère dépose sa valise et fasse un brin de toilette. Sa chambre, qui est la chambre d'amis, se trouve un peu à l'écart, au rez-de-chaussée. Mark, Kevin et moi, on a tout un étage pour nous tout seuls, avec trois chambres et une salle de bains (et le grenier, que je croyais hanté au début, mais plus maintenant).

La chambre d'amis était autrefois la chambre de la bonne. Notre maison a été construite à l'époque où les gens avaient des domestiques chez eux. Attention, ça ne veut pas dire qu'elle est belle. Elle l'a peut-être été, au début, mais avec le temps les habitants ont cessé de l'entretenir. Depuis qu'ils l'ont achetée, mes parents s'occupent de la restaurer (ce qu'ils font petit à petit). Ma mère a presque terminé de peindre partout et de poser des papiers peints, mais il lui reste encore plein de finitions dans certaines pièces.

En tout cas, la chambre de Grand-mère, elle, était terminée, et elle est super jolie. Ma mère a peint les murs en beige un peu rose (la couleur s'appelle « blush » sur le pot de peinture), elle a mis un joli tapis rose, des rideaux en dentelle assortis au dessus-de-lit, et y a installé un lit en fer forgé. La pièce comporte aussi un grand placard et une salle de bains, avec une baignoire et une douche.

Quand ma mère lui a demandé si la chambre lui convenait, Grand-mère a répondu que ça pouvait aller. J'ai remarqué que ma mère a alors crispé la bouche au point qu'on ne voyait presque plus ses lèvres. Je ne sais pas si ça a un rapport, mais au restaurant, elle a commandé un Manhattan. C'est son cocktail préféré, et elle n'en boit jamais sauf le jour de son anniversaire. Mark a demandé si nous aussi, on pouvait avoir un cocktail (une boisson pour enfants qui s'appelle un Shirley Temple, avec de la limonade, du jus d'orange et une rondelle de citron). Normalement, on n'y a pas droit, *sauf* pour notre anniversaire, parce que ma mère dit que ce n'est que du sucre. Mais ce soir-là, elle a bien voulu.

On a bu nos Shirley Temple en essayant de bien se tenir. Par exemple, moi, j'ai évité de dévisager les gens qui commandaient du homard parce que ce n'est pas poli. Mais j'ai toujours trouvé que c'était cruel de laisser les clients choisir un homard dans l'aquarium, de le sortir vivant de l'eau et de le faire cuire ensuite pour qu'ils le mangent. Surtout que les homards sont des animaux qui s'accouplent pour la vie. On en voit parfois au fond de l'océan en train de se donner la pince. Je suis sûre que c'est le mari et la femme.

On avait presque fini nos cocktails quand Oncle Jay est arrivé avec sa petite amie, Harmony. Ils avaient les joues toutes roses à cause du froid.

— Comment vas-tu, maman ? a dit Oncle Jay en ôtant son écharpe et en se penchant pour embrasser Grand-mère. Tu as l'air en forme.

Grand-mère a répondu, très dignement :

— Bonsoir, Jay.

Oncle Jay s'est assis entre Mark et moi (on lui avait gardé une place), et Harmony s'est installée à côté de Kevin.

— Maman, je te présente Harmony. Harmony Culpepper.

— Enchantée, madame Finckle, a dit Harmony en tendant la main par-dessus la table. Je suis très heureuse de vous...

Mais Grand-mère regardait fixement Oncle Jay.

— Tu te laisses pousser la *barbe* ? a-t-elle interrogé.

— Non, seulement un bouc, a répondu Oncle Jay. J'ai envie de changer un peu...

Il a ouvert la carte pour consulter le menu, et Harmony a retiré sa main, puisque Grand-mère n'avait apparemment pas l'intention de la serrer.

— Tout le monde a déjà choisi ? a demandé Oncle Jay.

— On a pris des Shirley Temple ! a dit Kevin en relevant le bandeau sur son œil pour mieux voir Oncle Jay.

— Dites donc, vous y allez fort !

Oncle Jay s'est adressé à la serveuse :

— On pourrait avoir deux Cocas, s'il vous plaît ?

Puis il s'est retourné vers Grand-mère.

— Alors, maman ? Ton voyage s'est bien passé ?

Grand-mère a raconté encore une fois sa terrible expérience et s'est plainte des compagnies d'aviation. Pendant ce temps, nous, on regardait le menu pour choisir ce qu'on allait manger. Le Homard-Rouge est l'un des restaurants préférés de Kevin, parce que c'est une cuisine assez originale et qu'il aime goûter à tout ce qui sort de l'ordinaire. Sans compter que le thème principal, c'est la mer, et qu'il a une passion pour les pirates. Mark aussi est toujours content de venir ici, vu qu'il adore le poisson pané avec des frites.

Mais moi, le Homard-Rouge est sans doute le restaurant que je hais le plus au monde, à cause de mes deux grandes règles fondamentales en matière d'alimentation : *Ne jamais rien manger de rouge*, et *Ne jamais manger ce qui vit dans l'eau.* Je ne suis pas végétarienne, pourtant. (Une fois, j'ai essayé, mais mon père nous a emmenés au McDo et je n'ai pas pu résister. J'ai pris un hamburger.)

Je n'aime pas le poisson, c'est aussi simple que ça. Je n'aime pas le goût parce que ça a le goût de... de poisson, voilà. Du temps où on avait une cuisinière, ma mère a essayé de préparer du poisson de toutes les manières possibles et imaginables – frit, grillé, en sauce, au court-bouillon. Échec total. Elle m'a même emmenée manger des sushis, un jour. Au secours ! Je n'aime pas le poisson, point final. Ni les crevettes. Ni le homard. Ni les coquilles Saint-Jacques. Ni les sandwichs au thon. (Mais j'aime bien les biscuits salés qui ont la forme de petits poissons.) Bref, je ne mange rien qui vit dans l'eau.

C'est une règle.

Donc, au Homard-Rouge, je commande toujours un hamburger. Sans ketchup ni tomates. Je ne vois pas pourquoi le fait que je n'aime pas le poisson dérangerait les autres. Ça ne regarde personne, non ? Sauf moi, et parfois mes parents, parce que les soirs où on mange du poisson, ils sont obligés de me préparer autre chose. Mais en général, je me contente de tartines avec du beurre et de la confiture (d'abricots, pas de fraises).

En tout cas, moi, ça ne me gêne pas. Sauf, parfois, quand je déjeune chez quelqu'un et qu'on me propose un sandwich au thon. Je suis obligée de le cacher dans ma serviette en papier et de le jeter après dans les toilettes.

Mais quand la serveuse est venue prendre la commande et que j'ai demandé un hamburger bien cuit (parce que je n'aime pas qu'il reste du rouge, évidemment), Grand-mère s'est indignée.

— Enfin, Allie ! Ne sois pas ridicule ! Nous sommes dans un restaurant de poisson. Pourquoi commandes-tu un hamburger ? Prends du poisson pané avec des frites, comme Mark.

— Allie n'aime pas le poisson, a expliqué mon père.

— C'est une carnivore, a dit Oncle Jay en levant son verre de Coca pour me porter un toast. Pas vrai, Allie ?

— Au fait, comment va ton chaton ? a demandé Harmony en me souriant.

Harmony a un sourire merveilleux. Elle est très sympa, en plus.

— Eh bien, elle n'a qu'à prendre des crevettes, comme Kevin, a insisté Grand-mère.

— Elle n'aime pas les crevettes non plus, a précisé ma mère en buvant une gorgée de son cocktail. Un hamburger, c'est très bien.

— Oui, Grand-mère, ai-je dit. J'adore les hamburgers.

Grand-mère a soupiré tout en consultant son menu.

— Pff... Manger un hamburger dans un restaurant de poisson !

Elle a secoué la tête pour bien montrer sa désapprobation, puis s'est tournée vers la serveuse et a commandé un homard grillé.

Mes yeux se sont remplis de larmes. J'étais effondrée. Grand-mère était fâchée parce que je ne commandais pas comme les autres ! Pourtant, elle aurait dû me comprendre, puisqu'elle n'aime pas les tomates, comme moi. Et en plus, on allait tuer un homard de l'aquarium pour elle ! Moi qui pensais lui demander conseil à propos de Rosemary... Comment pouvais-je lui faire confiance maintenant, alors qu'elle n'avait aucun respect pour la vie d'un crustacé capable de rester attaché toute sa vie à un compagnon ou à une compagne ?

Je luttais pour retenir le flot de larmes qui se pressaient derrière mes paupières quand j'ai senti une main chaude se poser sur la mienne. J'ai relevé les yeux : Oncle Jay me souriait en caressant les poils naissants de sa barbe.

— Ne sois pas triste, Allie, m'a-t-il chuchoté pendant que Grand-mère précisait à la serveuse qu'elle voulait son homard grillé, et surtout pas cuit à l'eau. On s'en fiche, de ce qu'elle pense.

— Je ne suis pas triste, ai-je répondu en détournant les yeux.

Je savais qu'Oncle Jay et Grand-mère ne s'entendaient pas très bien. Ils se sont disputés quand Oncle Jay a abandonné ses études de médecine pour se spécialiser dans la poésie. Grand-mère pense qu'il n'y a aucun avenir dans la poésie et que ça ne sert à rien.

— Si, a dit Oncle Jay en me tapotant la main. Elle t'a un peu blessée, c'est normal. Mais tu t'en remettras. Tu es une battante. Je le sais.

Je ne comprenais pas très bien ce qu'il voulait dire. Je ne suis pas une battante. Si je l'étais, je n'aurais pas peur de participer au championnat d'orthographe. J'aurais déjà donné un coup de poing dans le nez de Rosemary. J'aurais répondu à Grand-mère que je pouvais commander un hamburger où je voulais, quand je voulais, même dans un restaurant de poisson.

Au lieu de ça, je me taisais et je me retenais de pleurer.

Rosemary avait bien raison de me traiter de peureuse.

Règle n° 8

Ce n'est pas poli de dévisager les gens.

Tous les jours, à la récréation – quand on était sûres que Rosemary ne se trouvait pas dans les parages –, au lieu de jouer aux Reines, on se préparait, Caroline et moi, pour le championnat d'orthographe avec Erica et Sophie. C'était beaucoup de travail, parce qu'en plus de la liste de mots du C.M.1, on devait apprendre celle du C.M.2. Par exemple, il y avait « essoufflé » et « girafe ». (Celui-là, c'était facile. Je savais qu'il n'y avait qu'un *f*, et aussi que les bébés girafes restaient entre quatorze et quinze mois dans le ventre de leur mère. Ça s'appelle la gestation.) Il y avait aussi le mot « pasteurisé » (lui, on le connaissait vu qu'il est écrit sur toutes les briques de lait).

Sophie a eu l'idée de proposer aux autres finalistes de C.M.1 de venir s'entraîner avec nous.

— Bonne idée, a dit Caroline. Il faut que Lenny aussi soit bien préparé.

— Et surtout le Prince Peter, a ajouté Erica pour taquiner Sophie.

Sophie a aussitôt piqué un fard, et ses joues sont devenues de la couleur de mes leggings rose fuchsia. Erica s'est excusée, parce qu'elle s'excuse toujours quand elle a mis quelqu'un mal à l'aise, et même parfois, alors qu'elle n'a rien fait du tout. Sophie a essayé de plaisanter en répondant que le Prince Peter était *parfait* et qu'il n'avait pas besoin de s'entraîner, mais on a bien vu qu'elle était gênée. Alors on a changé de sujet et on a joué un peu aux Reines – sans faire intervenir le Prince Peter.

Au moment où on sortait à quatre pattes des buissons qui abritent notre forteresse secrète, il s'est passé une chose terrible. Un ballon a roulé vers nous, et Rosemary Dawkins, qui courait derrière, nous a vues surgir de notre cachette.

Elle a bloqué le ballon avec son pied et, sans écouter les autres qui lui criaient : « Renvoie le ballon ! » et : « Par ici, Rosemary ! », elle nous a dévisagées en plissant les yeux d'un air mauvais.

— Ah ! Alors, c'est *là* que vous vous cachez tous les jours ! a-t-elle dit.

Je peux vous assurer que sa voix n'était pas gentille. Mais alors, pas du tout. Je me suis relevée et j'ai épousseté les brindilles et les feuilles mortes sur mes leggings. J'étais trop loin de Rosemary pour qu'elle puisse me frapper, mais je me méfiais quand même. Si jamais elle se jetait sur moi... Sauf que Rosemary se trouvant en bas d'une petite pente, légèrement en dessous de moi, j'avais un avantage sur elle : je pouvais facilement atteindre son nez.

À cette pensée, mon cœur s'est aussitôt mis à cogner dans ma poitrine. Je n'avais vraiment pas envie de me battre avec Rosemary. Mais je ne voulais pas non plus qu'elle me jette par terre et me martèle de coups. J'ai fermé le poing, pouce à l'extérieur, pour être prête au cas où. C'est Caroline qui a parlé la première.

— Va-t'en, Rosemary. On ne t'a pas embêtée.

— Oui, laisse-nous… a dit Sophie d'une voix un peu tremblante. En plus, les autres attendent que tu leur renvoies le ballon.

Rosemary s'est retournée pour faire face à... mon frère Mark, justement, qui était arrivé en courant.

— Rosemary ! a-t-il lancé en faisant comme s'il ne me connaissait pas.

Dans la cour, il ne faut pas prêter attention à ses frères et sœurs, sauf s'ils saignent ou s'ils se sont fait mal. C'est une règle.

— Alors, tu joues ? Renvoie le ballon !

Rosemary a donné un coup de pied dans le ballon, très fort. Mark a failli le recevoir en pleine figure mais il a réussi à l'attraper de justesse. Après un regard furieux à Rosemary, il est reparti rejoindre ses copains.

— Qu'est-ce qu'il y a, derrière ? a interrogé Rosemary en scrutant les buissons.

— Rien, ai-je dit très vite.

Je voyais bien où tout ça allait mener, et j'étais très, très inquiète – bien plus qu'à l'idée de recevoir un coup de poing de Rosemary. Je ne voulais pas qu'elle découvre notre forteresse secrète et qu'elle le raconte à toute la classe. C'était notre cachette *à nous* ! Ça ne la regardait pas ! Ni elle ni personne d'autre ! Erica, Caroline et Sophie étaient tellement gentilles d'avoir partagé leur secret avec moi. Après tout, j'étais quand même La Nouvelle.

Il était hors de question que tout soit gâché parce que Rosemary ne m'aimait pas.

— Je veux voir... a dit Rosemary en s'avançant sur le petit talus.

— Non, ai-je déclaré en faisant un pas aussi, dans la descente.

Mon cœur battait plus fort que jamais et j'ai eu un haut-le-cœur. J'ai bien cru que j'allais vomir les flocons d'avoine que mon père m'avait servis le matin (malgré les objections de Grand-mère, pour qui les enfants doivent manger un petit déjeuner consistant le matin, avec des œufs et du bacon).

Mais j'ai décidé que je n'allais pas me laisser impressionner ! Je gardais mon poing serré le long du corps, prête à viser le nez de Rosemary s'il le fallait absolument et s'il n'était pas possible de résoudre le conflit autrement.

J'avais l'estomac serré, le cœur emballé, et je voyais déjà Rosemary se jeter sur moi et m'envoyer à terre, ou me donner un coup de poing *dans le nez...*

À ce moment-là, la cloche a sonné. Ouf ! La récréation du matin était finie et on devait se mettre en rang. Seul problème : Rosemary ne bougeait pas. Du coup, moi non plus, je n'ai pas bougé. Et on est restées comme ça, debout l'une en face de l'autre. J'avais envie de détourner les yeux – de *partir en courant*, plutôt. Mais j'avais peur que Rosemary me poursuive. Si elle me frappait par-derrière, ce serait pire, parce que je ne verrais pas le coup venir.

— On doit retourner en classe, a dit Erica d'une voix aiguë, un peu affolée. Houhou ! La cloche a sonné !

Rosemary m'a fixée droit dans les yeux.

— Je t'aurai, un jour.

— Ça m'étonnerait, ai-je rétorqué en soutenant son regard.

Rosemary a rejeté en arrière sa masse de cheveux en désordre et a éclaté de rire.

— De toute façon, tu n'es qu'une peureuse !

Là-dessus, elle est partie en courant pour se mettre en rang. Moi, je me sentais toute molle, comme si j'étais en caoutchouc. Comme si je n'avais pas d'os dans mon corps, rien que du sang et de la peau, et peut-être un tout petit peu de muscles, mais pas assez pour me soutenir. Erica m'a passé un bras autour des épaules et a chuchoté :

— Ne t'inquiète pas. On t'aurait défendue.

Caroline et Sophie ont confirmé, et elles étaient sincères. Mais qu'auraient-elles pu faire, vraiment ?

J'étais contente quand est arrivée l'heure du déjeuner. Chez moi, on mangerait peut-être des saucisses de Francfort au micro-ondes, ou bien de la pizza. Peut-être même que ma mère aurait relevé un peu le niveau, vu que Grand-mère était là, et préparé des roulés au fromage *fait maison*. En tout cas, je ne m'attendais pas du tout à ce qui s'est passé quand Kevin et moi, on est entrés dans la maison en passant par le garage. Mark était déjà là. C'est normal, il se fait toujours ramener sur le vélo de son ami qui habite à côté.

Ma mère se tenait debout dans la cuisine, à côté d'une cuisinière toute neuve que deux hommes maintenaient sur un chariot. Grand-mère était là aussi, et elle avait l'air en colère. Mais pas autant que ma mère.

— Non, Ruth, a dit ma mère, d'une voix forte. Je n'apprécie pas du tout, et je n'ai pas à vous remercier ! J'ai *déjà* une cuisinière.

— Ah oui ? Où donc ? Je ne la vois pas ! a répondu Grand-mère, d'une voix aussi forte. Tout ce que je vois, c'est que mes petits-enfants mangent du surgelé depuis des semaines. C'est pourquoi j'ai pris sur moi d'aller acheter une cuisinière ce matin. C'est un excellent modèle, et comme vous pouvez le constater, il n'y a aucun problème avec la livraison.

— Je vous ai expliqué hier que la cuisinière que nous avons commandée, dans ce *même* magasin, était en rupture de stock. Elle sera livrée à la fin du mois !

— Mais celle-ci est parfaite ! a insisté Grand-mère. Et elle est là ! Dans deux minutes, elle sera installée et les enfants pourront manger des croque-monsieur pour le déjeuner.

Mark, Kevin et moi, on s'est regardés. Ça faisait une éternité qu'on n'avait pas mangé de croque-monsieur. Et moi, j'adore ça.

Mais je voyais bien que la cuisinière de Grand-mère était loin d'être parfaite, du moins aux yeux de ma mère. Elle était moderne, toute brillante, bref, n'avait rien à voir avec le style de notre nouvelle maison. Mes parents voulaient que la décoration s'accorde avec le genre vieillot de la maison. De ce côté-là, le moderne et le brillant, ça n'allait pas.

Ma mère m'a prouvé que je ne me trompais pas.

— Non, elle n'est pas parfaite, a-t-elle déclaré, parce que ce n'est pas celle que nous avons commandée ! Et l'autre est *déjà* payée.

— Vous pouvez sûrement vous faire rembourser, a répliqué Grand-mère.

Elle s'est tournée vers les deux hommes qui tenaient la cuisinière sur le chariot. Ils avaient l'air d'en avoir un peu assez d'attendre. Sans compter que ça devait être lourd.

— N'est-ce pas, messieurs ?

— Je ne sais pas, madame, a répondu l'un des hommes d'une voix lasse. Nous, on s'occupe de la livraison, c'est tout. Alors ? Vous la prenez ou pas ?

— Oui, a dit Grand-mère.

— Non, a dit ma mère.

Heureusement, mon père est arrivé à ce moment-là.

— J'ai eu ton message, a-t-il lancé à ma mère en entrant dans la cuisine. Qu'est-ce qui se...

Il a compris en voyant la cuisinière, les livreurs, et Grand-mère.

— Oh, oh, a-t-il fait.

Les livreurs ont eu l'air soulagé. Je suis sûre qu'ils se sont dit : « Enfin, quelqu'un qui va prendre une décision. »

— On la met où ? ont-ils demandé à mon père.

— Dans le camion, a-t-il répondu. Ce n'est pas celle que nous avons commandée.

— Thomas ! s'est écriée Grand-mère.

— Venez, les enfants, a dit ma mère. On va manger dehors. Je vous emmène au McDo.

Mark et Kevin ont crié ensemble :

— Génial !

On ne va presque jamais au McDo parce que ma mère n'aime pas les fast-foods. Elle dit que ce qu'on y mange n'est pas bon pour la santé. Mais parfois, s'il y a une occasion particulière – comme maintenant – elle cède et nous laisse commander un hamburger avec une petite frite et un verre de lait (jamais de Coca). Bref, ce jour-là, c'était la fête.

Pendant qu'on était en train de se régaler, le portable de ma mère a sonné. C'était Mme Hauser. Elle voulait savoir quand on passait pour voir les chatons de Lady Serena Archibald. Leur poil commençait à pousser, et ils avaient ouvert les yeux.

Ma mère a regardé sa montre.

— Ce serait possible, tout de suite ?

J'ai failli m'étrangler avec une frite.

— Tout de suite ? ai-je dit. Mais on a école ! Et papa et Grand-mère ? On ne doit pas retourner les voir ?

— Parfait, on sera là dans cinq minutes, a répondu ma mère à Mme Hauser.

Avant que j'aie eu le temps de comprendre ce qui m'arrivait, on était déjà en train de sonner à la porte de Mme Hauser. Ma mère a menacé Kevin et Mark : s'ils touchaient à quoi que ce soit, s'ils faisaient la moindre bêtise, elle raconterait tout à Grand-mère et ils pourraient faire une croix pour le livre sur les pirates ou le B.M.X.

Mme Hauser a ouvert la porte. Elle portait un tailleur pantalon en soie beige et des chaussures à talons assorties avec des plumes sur le dessus. Même quand elle reste toute la journée seule à la maison, comme aujourd'hui, Mme Hauser est toujours élégante, parfumée et très maquillée. J'ai remarqué que Kevin la dévisageait fixement. Pourtant *Ce n'est pas poli de dévisager les gens* (règle n° 8).

— Ah, vous voilà ! s'est-elle écriée. Que je suis contente de vous voir !

Elle a embrassé ma mère sur la joue (ou plutôt elle a embrassé le vide parce qu'elle tournait trop la tête), puis elle m'a embrassée aussi. Ensuite elle a montré où se trouvait la cuisine et a dit à mes frères qu'il y avait des biscuits et qu'ils pouvaient se servir.

Elle n'a pas eu besoin de le répéter ! Mark et Kevin sont partis en courant, et on ne les pas revus pendant au moins une demi-heure.

— Si tu savais comme j'étais inquiète, Allie, a continué Mme Hauser en se tournant vers moi.

Mme Hauser sait que je veux être vétérinaire. C'est pour ça qu'elle me parle comme à une adulte quand il est question de son chat. Moi, j'aime bien.

— Lady Serena Archibald est une chatte adorable, mais j'avais peur qu'elle n'ait pas un instinct maternel assez fort pour s'occuper d'autant de bébés ! Eh bien si ! Elle est incroyable. Je lui ai aménagé un petit coin dans le salon, mais figure-toi que ça ne lui a pas plu. Et sais-tu ce qu'elle a fait ? Pendant la nuit, elle a monté tous ses chatons, un par un, et les a mis dans mon placard, au milieu des boîtes où je range mes chaussures de soirée. J'ai toujours pensé qu'elle avait du goût, mais à ce point-là ! En tout cas, c'est là qu'ils sont et je crois qu'ils ont l'intention d'y rester.

Tout en parlant, Mme Hauser nous a entraînées, ma mère et moi, dans l'escalier, puis une fois à l'étage, dans sa chambre, et enfin jusqu'au fameux placard.

— Attention… a-t-elle dit en écartant des robes et des jupes pour dégager la cachette. Lady Serena me laisse approcher de ses bébés. Mais je ne sais pas comment elle se comportera avec des étrangers. Enfin, tu n'es pas vraiment une étrangère pour elle, Allie. Elle t'adore. Mais elle est très méfiante quand il s'agit de sa progéniture. Alors, comment va tout ce petit monde aujourd'hui ?

Mme Hauser s'est mise à genoux. Elle m'a fait signe de l'imiter, ce que j'ai fait, et elle a fouillé parmi tout un tas de boîtes de chaussures posées sur la moquette en appelant doucement :

— Lady Serenea ! Où es-tu, ma jolie ? Montre-toi, mignonne...

Mon cœur palpitait d'impatience. Et enfin, je l'ai vue. Qu'elle était belle, Lady Serena Archibald, avec sa longue fourrure soyeuse et sa drôle de petite tête au nez un peu aplati. Elle était couchée dans une grosse boîte, sur une paire de bottines en daim, et six petits corps s'agitaient tout contre elle.

— Oh ! me suis-je exclamée.

Les chatons ne ressemblaient pas du tout à des salamandres. Ils n'étaient pas lisses et roses, mais de plein de couleurs différentes. Noirs, blancs, gris comme leur mère... Et il y en avait un – il s'est mis à grimper sur Lady Serena – qui était tigré avec des pattes blanches.

— Lui, là ! ai-je dit en le montrant du doigt.

— Lequel, chérie ? a demandé Mme Hauser.

Ce n'était pas facile de les distinguer, parce qu'ils étaient tous agglutinés. Ils miaulaient doucement, et on entendait distinctement le ronronnement de Lady Serena Archibald. En fait, elle n'avait pas du tout l'air dérangé d'avoir de la visite.

— Celui qui est tigré.

— Oh, oui. Il est adorable, celui-là ! Brittany l'a surnommé Tigré.

Ça ne m'intéressait pas de savoir comment Brittany, la fille de Mme Hauser, appelait MON chaton. En plus, appeler un chat tigré « Tigré », c'est franchement un manque d'imagination.

— C'est un mâle ou une femelle ? ai-je demandé. Moi, je voudrais vraiment une petite chatte.

— Je n'en sais rien, a répondu Mme Hauser. Attends, je vais regarder...

Elle a plongé la main dans la boîte et a pris le minuscule chaton.

— Pardon, madame, a-t-elle dit à Lady Serena, qui a ronronné un tout petit peu plus fort.

Pendant que Mme Hauser retournait le chaton pour l'examiner entre les pattes, j'ai pensé très fort : « S'il vous plaît ! Faites que ce soit une femelle. J'ai vraiment passé une sale journée, alors ce serait bien si c'était une femelle. »

— Tu as de la chance, a déclaré Mme Hauser. Tigré est une chatte.

J'étais tellement contente qu'un petit cri tout bizarre est sorti de ma gorge. J'ai regardé ma mère qui était assise sur le lit. Elle m'a souri.

— Je peux la prendre ? ai-je demandé à Mme Hauser.

— Oui, bien sûr. Mais fais très attention. Elle vient à peine d'ouvrir les yeux. Toute sensation est nouvelle pour elle et lui fait peur.

J'ai tendu les mains pour que Mme Hauser y dépose MA Micha.

Elle était toute petite, je n'en revenais pas ! Plus petite que ma main. Et elle ne pesait presque rien. On aurait dit une plume ! Son ventre, son cou et ses pattes étaient blancs, son dos et sa queue tigrés, et elle avait un petit nez rose et des yeux bleus qui m'observaient d'un air étonné, un peu inquiet, comme pour dire : « Tu es ma maman, toi ? Mais non ! Où est ma maman ? »

Bref, elle était parfaite. J'avais envie de la ramener tout de suite à la maison. Mais je savais que c'était trop tôt. D'ailleurs, moi non plus, je n'étais pas prête. Je n'avais rien à lui donner à manger, pas de gamelle pour ses croquettes, pas de litière. Et je n'avais pas encore acheté son collier avec des perles ni son lit rose à baldaquin. Il me restait encore tant de choses à préparer avant son arrivée !

Micha me regardait toujours. Puis elle a ouvert sa minuscule petite bouche et a fait « miaou » comme si elle me posait une question.

— Elle t'aime bien ! a dit Mme Hauser en riant.

— Moi, je l'adore.

C'est ce que j'ai répondu, tout simplement. Parce que c'était vrai.

— Tu es sûre ? a demandé ma mère. Tu n'as même pas regardé les autres.

Je n'avais pas besoin de regarder les autres chatons.

— Oui, je suis sûre. C'est elle que je veux. Je vais l'appeler Micha.

— Micha, a dit Mme Hauser. Quel joli nom ! C'est bien mieux que Tigré.

Je me suis retenue de répondre : « Évidemment », parce que ça n'aurait pas été poli.

— Merci, ai-je dit.

Quand quelqu'un vous fait un compliment, il faut simplement dire merci. C'est une règle. Si on répond autre chose, en général, c'est mal élevé.

— Micha, ai-je soufflé à l'oreille de mon petit chaton.

Elle a fait « miaou » de nouveau, et j'en ai conclu qu'elle aimait bien son nom. Lady Serena aussi a miaulé. Micha a regardé tout autour d'elle. À tous les coups, elle devait chercher sa mère. Il valait mieux la remettre dans la boîte.

Dès que je l'ai reposée, ses frères et ses sœurs se sont collés à elle et lui ont marché sur la tête, mais elle s'est défendue en grimpant sur eux à son tour. Elle ne se laissait pas faire, ma Micha. Même si elle avait eu des débuts difficiles.

Comme moi.

— C'est formidable que vous ayez pu venir, a déclaré Mme Hauser en souriant. Mais vous n'avez pas école ?

— Non, a répondu ma mère. Aujourd'hui, on fait une petite escapade. Ma belle-mère est à la maison cette semaine.

— Oh, a fait Mme Hauser avec un petit rire. Alors, vous accepterez sûrement de manger un petit quelque chose vous aussi.

— Absolument !

On a rejoint Mark et Kevin en bas (ils avaient réussi à ne rien casser) et Mme Hauser nous a offert des gâteaux. J'étais un peu inquiète parce que j'allais manquer l'école, et parce que je pensais à Rosemary. Elle s'imaginerait peut-être que j'avais peur de revenir après ce qui s'était passé pendant la récréation devant les buissons.

Est-ce qu'on me croirait si je racontais que j'étais rentrée déjeuner chez moi, que Grand-mère avait acheté une cuisinière dont mes parents ne voulaient pas, et que ma mère nous avait emmenés au McDo et ensuite choisir mon nouveau chaton ? *Même moi*, ça me paraissait tellement irréel que je n'arrivais pas à y croire !

J'avais l'impression que tout était chamboulé dans ma vie. Mais j'étais loin de me douter que la suite allait être encore plus mouvementée.

Règle n° 9

Si quelqu'un veut vous massacrer,
il faut essayer
de retourner la situation.

Ma mère nous a quand même ramenés à l'école l'après-midi, au moment de la récréation. J'ai eu beau la supplier pour ne pas y retourner, elle n'a pas cédé. Heureusement pour moi, Rosemary était punie. Elle avait tapé Stuart Maxwell pendant la gym, et elle était restée en classe pour écrire une rédaction sur « Pourquoi il est important d'aimer et de respecter son prochain ». Bref, j'étais sauvée.

Après l'école, quand on est revenus à la maison, la nouvelle cuisinière n'était plus là. Grand-mère non plus.

La cuisinière avait été renvoyée au magasin, et Grand-mère était chez Oncle Jay. Elle dînait avec lui et Harmony. Pour fêter son absence, ma mère a pris un long bain moussant et a dit qu'elle ne voulait pas être dérangée. Du coup, mon père nous a laissés regarder la télé, en demandant seulement qu'on ne mette pas le son trop fort.

C'était génial ! On se serait cru à Noël, ou bien le jour de notre anniversaire, parce que ces jours-là, on a le droit de faire plein de choses qu'on ne nous permet pas d'habitude. Et tout ça grâce à la visite de Grand-mère ! J'ai téléphoné à Erica pour l'inviter (elle ne regarde presque jamais la télé chez elle ; et comme c'est la dernière d'une famille de cinq enfants, c'est toujours ses grands frères et ses grandes sœurs qui choisissent le programme). On a regardé une série pendant deux heures, et puis des dessins animés pendant encore une heure. Le paradis, quoi.

Pour le dîner, on a commandé des pizzas. Pour le dessert, on avait droit à des bâtonnets qu'on trempe dans du chocolat. Quand elle a su ça, Erica a demandé si elle pouvait rester manger. Mes parents ont tout de suite dit oui. Elle a appelé ses parents, et ils étaient d'accord aussi.

La dernière bouchée à peine terminée, on est vite montées toutes les deux préparer ma chambre pour l'arrivée de Micha.

J'ai raconté à Erica qu'elle était vraiment minuscule, et on a pensé à tout ce qui pouvait représenter un danger pour un si petit chaton. Par exemple, Micha risquait de tomber entre les barreaux de la grille du chauffage qui est encastrée dans le plancher. Du coup, on a construit un barrage avec les meubles de mes maisons de poupées, mes Polly Pocket (je ne joue plus avec) et ma collection de pierres.

Ensuite, on lui a installé un lit dans la boîte à chaussures de Melissa et on a mis une de mes peluches dedans, pour faire comme si c'était Micha et qu'on s'occupait d'elle.

Sauf que ce n'était pas comme avec un vrai chaton, qui est vivant, qui bouge et qui respire. Sans compter que ma peluche, c'est un lapin avec de grandes oreilles. Mais bon.

À un moment, on a entendu mon père qui criait d'en bas :

— Les enfants ! Je vais chercher Grand-mère chez Oncle Jay. Qui veut m'accompagner ?

Personnellement, je n'avais pas envie d'y aller. Je m'amusais trop avec Erica. Mais j'ai vite compris qu'on n'avait pas le choix. En plus, Erica devait rentrer chez elle.

Mark, Kevin et moi, on est partis avec mon père pendant que ma mère rangeait la cuisine et faisait la vaisselle. Quand on est arrivés, Oncle Jay était assis tout seul dans son salon et il regardait la télé (il a un écran énorme). Oncle Jay nous a expliqué qu'Harmony était repartie chez elle, et que Grand-mère avait décidé de dormir à l'hôtel parce qu'elle était furieuse que mes parents aient renvoyé la cuisinière au magasin. Elle était dans le bureau, à côté, où elle passait des coups de fil pour trouver une chambre pas trop chère.

Mon père n'avait pas l'air content du tout.

— Jay ! Tu avais dit que tu lui parlerais ! s'est-il exclamé.

— Je lui ai parlé. Maintenant, elle est furieuse contre moi aussi.

— Bravo, a lâché mon père. Ne bougez pas, les enfants, a-t-il ajouté en se tournant vers nous. Je vais discuter avec Grand-mère.

Mark et Kevin sont allés dans la salle de bains pour voir Wang-Ba, la tortue d'Oncle Jay. Moi, je suis restée dans le salon.

Après avoir regardé des policiers à la télé qui attrapaient un suspect et lui passaient les menottes, j'ai demandé à mon oncle :

— Oncle Jay ? Est-ce que quelqu'un a déjà essayé de te frapper ?

— Bien sûr. Plein de fois. Surtout quand j'habitais à Shanghai. Pourquoi ? Il y a quelqu'un qui t'embête ?

— Oui. Une fille de ma classe... Elle s'appelle Rosemary.

Oncle Jay a émis un petit sifflement et a baissé le son.

— Qu'est-ce que tu lui as fait ? a-t-il interrogé.

J'ai haussé les épaules.

— Rien. C'est juste parce que je suis nouvelle.

— Drôle de raison, mais bon... Et comme ça, elle veut te frapper ?

— Je ne sais pas. Elle n'arrête pas de dire qu'elle va me massacrer.

— Elle est plus grande que toi ?

J'ai poussé un gros soupir.

— Beaucoup plus grande. C'est la plus grande de toute la classe.

— Évidemment... Tu en as parlé à tes parents ?

— À papa seulement. Pas à maman. Je ne préfère pas trop, après... Tu vois ce que je veux dire.

— Oui, oui, je me souviens, a répondu Oncle Jay en hochant la tête (parce qu'à l'époque, je lui avais raconté l'histoire du Garçon-qui-m'embrassait). Et qu'est-ce qu'a dit ton père ?

— Il m'a montré comment on donne un coup de poing dans le nez.

Oncle Jay a eu l'air impressionné.

— C'est vrai ? Fais voir.

Je me suis exécutée.

— Pas mal, a-t-il commenté. Tu as un bon geste. Mais moi, je vais t'apprendre une autre technique... Il faut retourner la situation.

— Comment ça, retourner la situation ?

— Essayer de faire peur à l'adversaire, de l'intimider. Et crois-moi, ça marche. Parce que, dans quatre-vingt-dix-neuf pour cent des cas, ceux qui cherchent la bagarre n'ont pas vraiment envie de se battre, en fait. Ils bluffent.

J'ai revu en pensée le visage de Rosemary, ce matin à l'école.

— Non, Rosemary ne bluffe pas... Je ne crois pas.

— Essaie, tu verras bien. La prochaine fois qu'elle menace de te massacrer, tu retournes la situation et tu lui dis : « Non, Rosemary, tu te trompes. C'est *moi* qui vais te massacrer ! »

J'adore Oncle Jay. Il est drôle, et il a sauvé Wang-Ba alors que personne d'autre ne voulait le faire. Il nous laisse toujours prendre une canette entière de Coca quand on vient chez lui (à la maison, on n'a pas le droit d'en boire du tout). Et il nous permet de regarder tout ce qu'on veut sur son énorme télé.

En revanche, il ne donne pas toujours de très bons conseils.

— Mais je n'ai pas envie de massacrer Rosemary, ai-je dit. Je voudrais qu'on soit amies.

— Je comprends. Elle non plus, elle n'a pas vraiment envie de te massacrer. C'est ce que je suis en train de t'expliquer. Si tu dis : « Rosemary, c'est moi qui vais te massacrer », tu lui montres que tu sais qu'elle bluffe. Elle sera tellement surprise qu'elle fera marche arrière.

— Moi, je crois plutôt qu'elle me donnera un coup de poing.

— Pas du tout ! Et puis si elle t'en donne un, tu la frappes aussi, et voilà.

— D'accord, Oncle Jay. Merci pour le conseil.

En fait, c'était un très mauvais conseil. Mais *Ce n'est pas poli de dire à quelqu'un qu'on trouve son conseil nul.* (Encore une règle.) Surtout qu'Oncle Jay est toujours tellement gentil avec moi.

Je l'ai donc remercié et j'ai regardé la télé avec lui. Je ne savais pas trop quoi faire d'autre. Mark et Kevin nous ont rejoints, et on a regardé une histoire de policiers qui emmenaient le fils d'une femme en prison. Ça ne plaisait pas du tout à la femme, bien sûr, et elle injuriait copieusement les policiers. Oncle Jay nous a expliqué qu'il s'intéressait particulièrement à cette série parce qu'il étudiait en ce moment l'art du dialogue dans la culture populaire. J'en ai déduit qu'il faisait ses devoirs en regardant la télévision, ce qui m'a donné très envie d'aller à l'université plus tard.

À ce moment-là, mon père est revenu dans le salon avec Grand-mère. Grand-mère n'avait pas l'air de très bonne humeur.

— Bon, a dit mon père. Tout est arrangé. Grand-mère rentre à la maison avec nous. Vous êtes contents, les enfants ? Alors dites-le à Grand-mère, parce qu'elle est en train de se monter la tête. Elle s'imagine que personne ne l'aime dans cette famille !

— Moi je t'aime, Grand-mère ! s'est exclamé Kevin.

Il s'est levé d'un bond et a couru embrasser Grand-mère. Mark et moi, on s'est regardés d'un air entendu, parce qu'on savait tous les deux que cette démonstration d'amour, de la part de Kevin, n'avait en réalité qu'un but intéressé : son livre sur les pirates.

Mais au fait... Nous aussi, on espérait que Grand-mère nous offre quelque chose. Du coup on s'est précipités pour l'embrasser à notre tour.

Ce n'est pas que je n'aime pas Grand-mère. Je l'aime bien, vraiment. Du moment qu'elle ne critique pas ce que je commande au restaurant... Elle a de super jolies bagues, elle sent toujours bon, et elle raconte plein d'histoires drôles sur mon père et Oncle Jay quand ils étaient petits. Lorsqu'elle n'est pas en colère, elle peut même être très gentille. Le problème, c'est qu'elle est souvent en colère.

Enfin, pour la cuisinière, ce n'était pas vraiment sa faute. Ça partait d'une bonne intention. Grand-mère s'est laissé embrasser. Elle se faisait quand même un peu prier.

— Bon, si vous y tenez vraiment...

— Ils y tiennent, maman, a affirmé Oncle Jay sans détacher les yeux du poste.

— Et Elizabeth ? Qu'est-ce qu'elle en pense ? a demandé Grand-mère.

— Maman aussi veut que tu reviennes, a dit Mark en se serrant contre elle avec un amour débordant.

— De toute façon, je ne reste qu'une semaine.

— Oh non, Grand-mère ! me suis-je écriée. Je veux que tu restes au moins jusqu'à ce que j'aie mon petit chaton !

Mark m'a lancé un regard noir et a passé ses bras autour de la taille de Grand-mère.

— Et moi, jusqu'à Noël !

— Eh bien, moi, je veux que tu restes pour toujours ! a dit Kevin.

— Restons modérés, les enfants, a déclaré mon père. Allez... C'est l'heure de rentrer maintenant.

Ma mère n'était peut-être pas ravie de voir Grand-mère, mais en tout cas elle a très bien fait semblant. Elle a répété que c'était formidable de se retrouver tous ensemble, et elle a demandé à Grand-mère comme s'était passée sa visite chez Oncle Jay.

(D'après Grand-mère, pas très bien. « Il continue à vivre comme un étudiant, à son âge ! S'il n'avait pas abandonné la médecine, il serait déjà en train de faire son internat, et il aurait pu s'acheter son propre appartement, ou une maison, peu importe, mais pas rester locataire ! »)

Ma mère a demandé à Grand-mère ce qu'elle pensait d'Harmony. Et là, Grand-mère nous a surpris parce qu'elle la trouvait très sympathique. (« Cette jeune fille-là, au moins, a de l'ambition. »)

Bref, tout s'est bien passé jusqu'à l'heure du coucher. Et là, ma mère a dit :

— Il faut bien dormir ce soir. Demain est une grosse journée.

— Pourquoi ? ai-je demandé. Qu'est-ce qui se passe demain ?

— Le championnat d'orthographe.

J'étais sciée.

— COMMENT TU LE SAIS ?

Ma mère m'a répondu que Mme Harrington, la mère d'Erica, lui en avait parlé. Et elle m'a annoncé qu'elle, mon père, Grand-mère, et peut-être Oncle Jay viendraient aussi. Quoi ? À mon championnat d'orthographe ? En plein milieu de la journée ?

J'ai répondu à ma mère que ce n'était vraiment pas la peine. Elle ne comprenait pas que cette école n'était pas comme l'ancienne. Les parents n'assistaient pas à des événements comme le championnat d'orthographe, entre les C.M.1 et les C.M.2.

J'ai expliqué aussi que si elle venait, je serais atrocement gênée. Mais aucun des arguments que j'ai énoncés n'a pu la faire changer d'avis. Ma mère a déclaré qu'elle était fière de moi parce que j'avais été sélectionnée parmi les dix finalistes de toute l'école, surtout que l'orthographe, d'habitude, ce n'était pas ma matière forte. Et que donc, elle viendrait au championnat avec mon père, point final.

J'en étais malade. En me couchant, je ne pensais qu'à une chose : tout le monde allait voir mes parents – et *Grand-mère* – prendre place dans le gymnase, et moi, je ne saurais plus où me mettre. Pourquoi me faisaient-ils subir une telle humiliation ? Ce n'était pas juste. Pourquoi n'avais-je pas une famille normale comme les autres ? Les Punchie n'étaient même pas rigolos. Ils étaient juste BIZARRES.

Et demain, toute ma classe le découvrirait.

Y compris Rosemary.

Du coup, elle aurait une raison supplémentaire de vouloir m'attaquer.

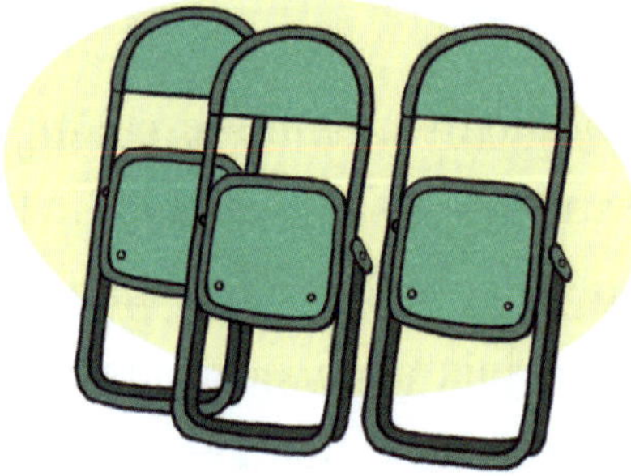

Règle n° 10

À force de se répéter quelque chose dans sa tête, ça se réalise (parfois).

Le lendemain en allant à l'école, j'ai expliqué mon plan à Erica.

— Je vais me tromper sur le premier mot que me donnera Mme Danielson. Comme ça, je serai éliminée, mes parents partiront, et voilà.

— Mais c'est de la triche, a protesté Erica.

— Pas du tout. Si on a écrit le mot sur un bout de papier et qu'on le regarde, là oui, on triche.

Erica n'était pas d'accord.

— Mais si on fait exprès de se tromper alors qu'on connaît la réponse, c'est quand même de la triche.

— Je m'en fiche. Je n'ai pas envie d'être interrogée !

— En tout cas, n'en parle pas à Caroline, a conseillé Erica. Elle dit que les filles se font souvent passer pour plus bêtes qu'elles ne sont, et elle n'aime pas ça.

— Même quand on est obligée ? Pour ne pas risquer de se tromper et de se faire massacrer par la fille la plus méchante de la classe ? Ou pour ne pas avoir la honte à cause de ses parents devant tous les C.M.1 ?

— Et tous les C.M.2, a précisé Erica.

À ce moment-là, justement, Sophie et Caroline ont traversé la rue pour nous rejoindre.

— Toi, tu te tais ! ai-je dit à Kevin d'une voix menaçante (il marchait entre nous et nous donnait la main).

— De toute façon, je ne comprends pas ce que vous racontez, a-t-il marmonné. Moi, on ne m'explique jamais rien.

Sophie et Caroline étaient super excitées par le championnat. Sophie, parce qu'elle pourrait regarder le Prince Peter toute la matinée, et Caroline, parce qu'elle avait une chance de se rattraper et de gagner. Évidemment, ce n'est pas elles qui allaient se retrouver affreusement gênées devant toute l'école à cause de leurs parents. Et elles n'avaient pas peur que quelqu'un leur tombe dessus si elles se trompaient.

Mais moi, j'entendais déjà Rosemary et tous les autres crier : « AL-LIE ! AL-LIE ! » Et ça non, il n'en était pas question. Je me débrouillerais pour être éliminée avant. Je sais, il ne faut pas renoncer avant d'avoir essayé. Il paraît que c'est une forme de lâcheté, parce que si on ne se bat pas, on ne peut pas se reprocher ensuite de ne pas avoir réussi.

Sauf que si se battre, c'est risquer de recevoir un coup de poing de Rosemary Dawkins... Dans ce cas-là, la lâcheté me semblait la meilleure solution !

J'ai quand même suivi le conseil d'Erica, et je n'en ai pas parlé à Caroline ni à Sophie. Je n'en ai parlé à personne, en fait. Je suis restée sagement assise à ma table en essayant de ne pas penser au championnat. En maths, quand Mme Hunter a demandé combien de tables à quatre pieds il y avait dans un magasin, sachant qu'en tout on comptait trente et un pieds mais qu'il y avait aussi cinq tabourets à trois pieds, j'ai donné la bonne réponse. Quatre. (Je suis assez bonne pour ce genre de problème, même si on doit calculer des pieds de table au lieu de pommes ou d'oranges.)

Du coup, j'ai retrouvé un peu le moral. Erica m'a fait sourire, en me passant un dessin qu'elle venait de faire et qui montrait Micha avec son collier à perles (que je n'avais pas encore acheté).

Mais brusquement, j'ai paniqué. Et si je ne pouvais pas l'acheter ? Si Grand-mère ne m'aimait plus parce que je n'avais pas pris de poisson au restaurant ? Je n'avais pas assez économisé sur mon argent de poche. Onze dollars, ça suffisait pour le collier, mais je devrais attendre Noël pour commander le lit, et Noël, c'était dans longtemps ! Micha serait obligée de dormir dans la boîte à chaussures, ce qui ne convenait pas du tout pour un si joli petit chaton.

C'est-à-dire, si Micha *allait devenir* un joli chaton, une fois que son poil aurait poussé. Pour l'instant, elle ressemblait un peu à un rat. Évidemment, elle avait à peine deux semaines, et en plus elle était née prématurée. Les bébés et les chatons qui naissent trop tôt, ce n'est pas leur faute.

J'en étais à ce point de mes soucis – comme si je n'avais pas déjà suffisamment de raisons d'être inquiète – quand on a frappé à la porte.

— Entrez, a dit Mme Hunter.

C'était le Prince Peter.

— Mme Danielson m'envoie pour vous prévenir que c'est l'heure.

Mon cœur s'est mis à cogner dans ma poitrine, et encore plus quand Mme Hunter a déclaré :

— Bien. Alors, allons-y, les enfants !

On s'est tous levés, on s'est mis en rang et on est descendus au gymnase. Pendant tout ce temps-là, je me répétais dans ma tête : « S'il vous plaît, faites que mes parents et Grand-mère ne soient pas là. Faites que mes parents et Grand-mère ne soient pas là. » Parce que *À force de se répéter quelque chose dans sa tête, ça se réalise (parfois).* C'est une règle.

Sauf que ça n'a pas marché. En entrant dans le gymnase, j'ai vu ma mère, mon père et Grand-mère assis au dernier rang sur les chaises pliantes installées par M. Elkhart. Ils étaient les seuls adultes (à part les maîtresses). Bref, la honte totale.

Comme si je n'étais pas déjà assez mal à l'aise, ils m'ont fait un signe de la main quand je suis passée devant eux pour aller m'asseoir avec les autres. Un *signe* ! Et non seulement ça, mais en plus ils m'ont *parlé.*

— Oncle Jay devait assister à un séminaire, il n'a pas pu venir ! a chuchoté ma mère.

Pour couronner le tout, Erica, qui est toujours tellement gentille, leur a adressé un geste de la main en lançant : « Bonjour, madame Punchie ! », alors que moi, je faisais semblant de ne pas les voir et que je ne répondais pas à leur signe. Pensant sans doute que je n'avais pas remarqué leur présence, Erica m'a tirée par ma capuche et s'est exclamée :

— Allie ! Regarde ! Il y a tes parents !

Comment voulez-vous avec ça que toute la classe ne s'aperçoive pas que mes parents étaient venus au championnat ? Sophie et Caroline leur ont fait un petit signe à leur tour en souriant.

— Ils sont trop gentils, tes parents, d'être venus te soutenir, a dit Sophie.

— Oui, a renchéri Caroline. Ils sont fiers de toi. Tu as de la chance, Allie.

De la chance ? Tu parles ! J'aurais préféré qu'une météorite tombe sur l'école et me désagrège en mille morceaux.

Quand Rosemary a compris ce qui se passait – c'est-à-dire que les adultes présents dans le gymnase, deux parents et une grand-mère, étaient *mes* parents et *ma* grand-mère –, elle a eu un sourire méchant. Exactement ce que j'avais prévu. Et elle s'est mise à rire.

— Ses parents sont là ! Et sa grand-mère ! (Elle riait tellement qu'elle pouvait à peine parler.) Pour le championnat... Ha ha !.... C'est trop drôle... Non, je rêve ! Pincez-moi pour que je me réveille... Ha ha !

L'un des garçons assis au dernier rang à côté d'elle – Stuart Maxwell, je crois – l'a prise au mot et l'a pincée, mais sans doute trop fort parce qu'elle a fait : « Aïe » et qu'elle l'a pincé en retour. Il a poussé un cri de douleur.

— Les enfants ! s'est exclamée Mme Hunter.

Ma maîtresse est très jolie et elle a beaucoup de classe, mais c'est incroyable comment elle peut faire peur parfois.

— Installez-vous, en silence !

On a obéi. Je me suis assise dans la rangée du devant, à côté de Caroline. Mais les autres continuaient à s'agiter tellement ils étaient excités. Surtout les grandes de C.M.2. J'ai reconnu les filles qui avaient trouvé Kevin mignon le jour de la rentrée. Elles m'ont regardée en chuchotant : « La voilà ! La sœur du pirate ! C'est elle, La Nouvelle. »

Elles ont fait aussi tout un tas de commentaires, du genre : « Les parents de La Nouvelle sont venus assister au championnat ! C'est trop chou, ça ! Et sa grand-mère ! Oh, là, là, je n'y crois pas ! Vous avez vu son petit chignon ? On dirait une vraie mamie, comme à la télé. »

Jamais, de toute ma vie, je ne m'étais sentie aussi mal à l'aise. J'ai essayé de me remémorer les moments où j'avais voulu disparaître sous terre : quand Mark avait renversé son verre et fait tomber son assiette à la crêperie... Quand j'avais supplié qu'on me laisse monter sur un poney dans un parc où on se promenait avec des amis de mon père, et que j'étais tombée à plat ventre dans la boue... Et quand j'avais descendu le grand toboggan du centre aquatique, et qu'en ressortant de l'eau dans le bassin d'arrivée, j'avais perdu mon haut de maillot. Mais même là, je n'avais pas eu aussi honte que maintenant.

— Caroline, ai-je chuchoté.

— Quoi ?

— Je voudrais être invisible.

— Hein ? Pourquoi ?

— Parce que j'ai trop la honte.

— Ah bon ? Mais pourquoi ?

— À cause de mes parents. Et de ma grand-mère. Je suis la seule avec mes parents.

— Ce n'est pas grave, a dit Caroline. Ils font ça pour être gentils. En plus, tu ne savais pas que d'habitude, les parents ne viennent pas. C'est normal, tu es nouvelle.

J'allais répondre à Caroline que je leur avais *dit* de ne pas venir (et aussi, que j'en avais assez d'être La Nouvelle. Combien de temps allais-je rester La Nouvelle ?). Mais je n'ai pas eu le temps, parce que le championnat a commencé.

Et j'avoue que ça m'a amusée de voir les grandes de C.M.2, celles qui trouvaient mon frère tellement mignon, se tromper sur des mots faciles comme « ciseaux » ou « calendrier ». Du coup, quand Mme Danielson m'a interrogée, j'ai oublié de mal épeler exprès le mot « autrement ». Et quand ça a été mon tour à nouveau, Rosemary et tous les élèves de Mme Hunter scandaient : « AL-LIE, AL-LIE ! »

Oh non ! Exactement comme la dernière fois ! Exactement ce que je voulais éviter !

J'ai jeté un coup d'œil à mes parents et à Grand-mère. Caroline avait raison, ils étaient fiers de moi. Oui, vraiment fiers. Parce que même si j'étais La Nouvelle, ils voyaient que tout le monde me connaissait déjà. Bon d'accord, on hurlait mon nom pour obéir à une fille qui me haïssait et qui voulait me massacrer, mais ça, ils ne le savaient pas.

Alors, non, je ne pouvais pas me tromper sur mon mot (en tout cas, pas en le faisant exprès). Ils seraient tellement déçus ! Même les C.M.2 criaient mon nom. Ça résonnait dans le gymnase. AL-LIE ! AL-LIE !

— Allie, a dit Mme Danielson. Comment écris-tu le mot « écureuil » ?

« Écureuil » ? Non ! C'était une blague ! Trop fastoche... Pour moi qui lisais des livres sur les écureuils depuis le C.P. ! L'écureuil est un rongeur de taille petite ou moyenne qui appartient à la famille des Sciuridés. À la naissance, les bébés sont tout roses et n'ont pas de poil, comme Micha. Mais ils sont beaucoup plus petits que les bébés chats, bien sûr.

— « Écureuil », ai-je répondu. É-C-U-R-E-U-I-L.

— Très bien, a dit Mme Danielson.

Tout le monde a applaudi, y compris Rosemary. Mes parents avaient l'air content. Même Grand-mère souriait. Je commençais à me prendre au jeu. Tous les C.M.1 avaient déjà été éliminés, sauf Caroline, Peter et moi. À part nous, il ne restait plus que des C.M.2. Je me suis dit que je réussirais peut-être à tenir jusqu'au bout. Pas jusqu'à être la championne de l'école, mais suffisamment pour impressionner Rosemary.

Alors, elle déclarerait une trêve, et je n'aurais plus à retourner la situation ni à lui donner un coup de poing dans le nez. Je ne serais plus obligée de passer toutes les récréations à regarder par-dessus mon épaule pour être sûre qu'elle ne me suive pas, ni à avoir peur qu'elle me voie sortir des buissons où on se cachait, Erica, Sophie, Caroline et moi. Et peut-être que finalement, j'arriverais à m'entendre avec elle et que je ne serais plus La Nouvelle.

À un moment, il n'est plus resté que deux C.M.2, et Caroline, Peter et moi. Mme Danielson m'a interrogée.

— Allie, comment épelles-tu « atterrer » ?

Là, j'ai su que mon rêve prenait fin. Mon rêve de devenir amie avec Rosemary. Parce que je ne savais même pas ce que voulait dire « atterrer ». Il ne figurait pas parmi les mots que j'avais appris. À tous les coups, c'était un mot de C.M.2.

J'ai essayé de penser à d'autres mots que je connaissais. « Terrier ». Oui, j'avais lu plein de choses sur les lapins et leurs terriers... Avec deux *r*.

— AL-LIE, scandaient Rosemary et les autres. AL-LIE !

Ça ne m'aidait pas du tout à réfléchir. Mme Hunter l'a sans doute compris, parce qu'elle a fait : « Chut ! » Quand tout le monde s'est tu, j'ai donné ma réponse :

— A-t-E-R-R-E-R.

— Non, Allie, a dit Mme Danielson. Tu peux aller t'asseoir avec les autres.

Catastrophe ! Je m'étais trompée !

Quand je me suis assise à côté d'Erica et de Sophie, j'avais les joues brûlantes. Sophie s'est poussée un peu pour me faire de la place. Je n'osais pas regarder mes parents et Grand-mère, même si j'étais sûre qu'*eux* me regardaient.

— Bravo, tu t'es bien débrouillée, m'a dit Erica à voix basse en me tapotant le bras.

— Ce n'était même pas dans la liste, « atterrer » ! a ajouté Sophie. Ça doit être un mot de C.M.2.

— Chut, ai-je soufflé.

Je faisais comme si je ne voulais pas être grondée pour bavardage, mais en vérité, j'étais morte de honte. Le Prince Peter avait épelé « atterrer » sans se tromper, juste après moi. Ce n'était pas si difficile que ça !

J'aurais dû y penser, à mettre les deux *t*. « Atterrer », c'est comme « attraper », ça prend deux *t*. À tous les coups, Rosemary allait me tomber dessus !

Quel échec ! Et devant mes parents, en plus. Devant Grand-mère ! Comme si elle n'avait pas déjà suffisamment de choses à me reprocher. J'avais le moral à zéro.

Le championnat a continué et les mots sont devenus de plus en plus difficiles. Ce n'était même plus la liste du C.M.2. Moi, j'aurais dit niveau sixième, ou cinquième. Par exemple, « harnais », et « acquiescer ». À la fin, il n'est plus resté qu'une seule élève debout : Caroline Wu. Tout le monde est allé la féliciter, y compris mes parents et Grand-mère.

— Bravo, Caroline, s'est exclamée ma mère. Quel dommage que ton père n'ait pas pu venir aujourd'hui ! Mais tu peux être sûre qu'on lui racontera !

Pendant que ma mère se répandait en compliments, je voyais bien que Caroline pensait : « Les parents ne sont pas censés assister aux championnats », mais elle était trop polie pour le faire remarquer.

— Merci, madame Punchie, a-t-elle répondu.

Erica m'a souri. Elle aussi, je savais ce qu'elle pensait. Que les Punchie étaient *rigolos* ! Mais elle n'a rien dit évidemment, parce qu'Erica est très gentille, trop gentille même.

— Monsieur et madame Punchie, bonjour ! a lancé Mme Hunter en s'approchant de mes parents. Que c'est gentil à vous d'être venus soutenir votre fille...

Et elle a ajouté en se tournant vers Grand-mère :

— Vous devez être la grand-mère d'Allie...

Mon père a fait les présentations.

— Enchantée, a dit Mme Hunter en serrant la main de Grand-mère. Votre petite-fille est adorable. C'est un bonheur de l'avoir dans ma classe !

J'en suis restée pétrifiée. Est-ce que j'avais bien entendu ? Un « bonheur » ? Qu'est-ce que j'avais fait pour mériter un tel compliment ? Moi, adorable ? Alors qu'il m'arrivait de bavarder avec ma voisine ?

Mais c'est vrai qu'en maths, je levais tout le temps le doigt pour répondre. Et que je me proposais toujours pour apporter des messages à Mme Jenkins. J'étais aussi l'une des meilleures de la classe en orthographe (ce que je trouvais bizarre, d'ailleurs, parce que je n'étais pas particulièrement bonne dans mon ancienne école). Et puis, je savais très bien dessiner les chiens.

— Oui, pour nous aussi, Allie est un bonheur, a répondu Grand-mère. Nous sommes très fiers d'elle.

Je n'en croyais pas mes oreilles. *Grand-mère* était fière de moi ? Dire que je pensais l'avoir déçue parce que je ne mangeais rien qui vit dans l'eau.

Grand-mère s'est approchée de moi et m'a serrée dans ses bras.

— Bravo, Allie ! s'est-elle exclamée.

J'étais tellement surprise que j'en ai bégayé :

— C-comment ça, bravo ? J'ai... j'ai mal épelé « atterrer ».

— Pff, « atterrer », a fait Grand-mère. Est-ce qu'on a besoin de savoir écrire « atterrer » dans la vie ? En plus, tu ne t'es pas trompée de beaucoup. Non, vraiment, Allie, je suis très fière de toi. Tu es l'une des plus fortes de ta classe... que dis-je, de ton école !

— Mais la plus forte de tous, c'est une de mes meilleures amies, ai-je précisé modestement.

— Tu sais quoi ? Je vais te faire un cadeau. Un succès, ça se fête ! a déclaré Grand-mère. Après l'école, on ira au centre commercial toutes les deux, et tu pourras choisir ce que tu veux. D'accord ?

Si j'étais *d'accord* ? C'est ce que j'attendais depuis son arrivée, mais que je n'osais plus espérer à cause de cette histoire de poisson au restaurant. Et maintenant, Grand-mère proposait de m'acheter ce que je voulais ! J'étais aux anges.

— Oh, Ruth, a dit ma mère. Il ne faut pas... Vous n'êtes pas obligée d'offrir des cadeaux aux enfants chaque fois que...

— D'accord, Grand-mère ! Je veux bien ! me suis-je écriée en coupant la parole à ma mère. Il y a un lit que je voudrais pour Micha ! Il coûte seulement 49,49 dollars... Et aussi un collier avec des perles qui coûte 5,95 dollars...

— Parfait, a répondu Grand-mère.

Et elle a ajouté d'un air pincé en regardant ma mère :

— Puisque tes parents ne me permettent pas d'acheter quoi que ce soit pour la maison.

— Maman… a soupiré mon père.

Je n'ai pas entendu la suite, parce que Sophie est venue me tirer par le bras et m'a entraînée à l'écart. Elle avait les yeux tout brillants.

— Tu as vu le Prince Peter ? Qu'est-ce qu'il était beau aujourd'hui, avec son pull marron ! Et quand il est venu féliciter Caroline ! C'est vraiment digne d'un prince, tu ne trouves pas ? Il est trop galant. *J'adore !* En plus, c'est clair qu'il admire les filles intelligentes. À partir d'aujourd'hui, j'ai décidé de faire mes devoirs tout de suite, dès que j'arrive à la maison, au lieu de regarder la télé.

— Ça, c'est une bonne idée...

Mais je n'écoutais pas vraiment, parce que je regardais Rosemary. Elle était en train de se bagarrer avec des garçons de la classe, ceux du dernier rang. Elle les attrapait par le cou pour les obliger à se baisser et leur coinçait la tête sous les chaises. Mme Hunter parlait encore avec mes parents et n'avait rien remarqué. Pourtant, d'habitude, elle voit tout, à croire qu'elle a des yeux dans le dos.

Rosemary s'acharnait surtout sur Joey Fields, qu'elle avait poussé sous une chaise jusqu'aux épaules. Le pauvre, il devait étouffer ! Mais il ne pouvait pas se défendre, il était trop petit. Il agitait les bras comme un scarabée qui s'est retourné sur le dos et qui est incapable de se remettre à l'endroit.

Debout dans un coin du gymnase, M. Elkhart attendait de pouvoir replier les chaises et installer les tables pour la cantine. Il observait la scène d'un air accablé.

Je comprenais ce qu'il ressentait. Moi aussi, j'étais abattue en regardant Rosemary. Pas parce que je voyais que les garçons étaient impuissants et n'arrivaient pas à lui échapper. Parce que je savais qu'un jour, Rosemary me pousserait sous une chaise, moi aussi.

Règle n° 11

Une jeune fille bien élevée ne donne jamais de coup de poing.

L'après-midi, Grand-mère m'a emmenée faire des courses au centre commercial. Moi, je voulais aller directement à l'animalerie pour lui montrer le lit rose à baldaquin et le collier pour Micha. Mais Grand-mère a insisté pour qu'on s'arrête d'abord dans un snack. Elle a appelé ça « l'heure du thé ».

Sauf qu'on n'a pas bu de thé. J'ai pris une glace avec de la crème chantilly, et elle a commandé un café. Elle m'a expliqué que ce n'était pas le fait de boire du thé en soi qui comptait, mais de marquer une pause dans l'après-midi.

— Alors… a dit Grand-mère en versant du faux sucre dans son café. Parle-moi un peu de ta nouvelle école. Elle m'a l'air un peu moins... moins proprette que celle où tu allais avant. Non ?

— Elle est plus petite. Le gymnase sert aux spectacles. Et c'est là qu'est installée la cantine, aussi.

— J'ai remarqué. Ça ne me paraît pas très hygiénique. Mais bon. Tu t'y plais ?

— Oh, oui.

J'ai été surprise par ma propre réponse. Je n'avais pas vraiment réfléchi, c'était sorti tout seul.

— J'ai des super copines, et j'aime bien ma maîtresse, Mme Hunter. Elle est très gentille. Le seul problème...

Je me suis retenue à temps. J'allais dire : « Le seul problème, c'est Rosemary. » Mais non, bien sûr, je ne pouvais pas parler de Rosemary à Grand-mère. Parce qu'elle le raconterait forcément à ma mère, ma mère irait voir Mme Hunter, Mme Hunter gronderait Rosemary, et Rosemary me tomberait dessus.

— Oui ? Quel est le problème ? a demandé Grand-mère.

— Rien.

J'ai vite pris une énorme cuillerée de glace pour avoir la bouche pleine et ne pas pouvoir répondre. Grand-mère a bu une gorgée de café en me regardant attentivement.

— Allie, ma chérie. Tu peux tout me raconter, tu sais. J'ai élevé deux garçons, et ton oncle Jay n'a pas été... Bref. J'ai une certaine expérience.

J'ai avalé ma glace, ce qui m'a pris un peu de temps vu que c'était une grosse bouchée très froide, et j'ai fini par répondre :

— D'accord. Mais tu me promets que tu ne diras rien à maman ?

— Au vu de la situation présente, il me semble que ta mère et moi ne cherchons pas particulièrement à être intimes.

Je n'étais pas trop sûre de ce que ces paroles voulaient dire, mais je les ai entendues comme une promesse.

— Bon, alors... Il y a une fille qui me déteste, je ne sais pas pourquoi. Elle s'appelle Rosemary et elle jure qu'elle va me massacrer. J'ai vraiment peur. Papa m'a conseillé de lui donner un coup de poing dans le nez...

Grand-mère a reposé brusquement sa tasse de café.

— Certainement pas ! Allie ! Tu as perdu la tête ? Une jeune fille bien élevée ne donne jamais de coup de poing !

— Ah bon, ai-je murmuré avec un air coupable. Mais qu'est-ce que je peux faire, alors ? Je n'ai pas envie qu'elle me coince la tête sous une chaise.

— Tu dois en parler à ta mère. Si tu ne veux pas, moi, je le ferais.

— Tu m'as promis que tu ne lui dirais rien ! me suis-je écriée. Si tu le racontes à maman, elle ira voir la maîtresse, et la maîtresse en parlera à Rosemary, ou à ses parents, et Rosemary me détestera encore plus et me torturera encore plus. C'est ce qui se passera, je t'assure ! Ça m'est déjà arrivé dans mon ancienne école.

Grand-mère a pincé les lèvres. Tiens, comme ma mère quand elle est en colère.

— Très bien, a dit Grand-mère. Je ne dirai rien. Mais sache que je n'approuve pas du tout. Qu'est-ce qui a pris à ton père de te conseiller une chose pareille ?

Peut-être parce qu'il aurait bien aimé qu'on lui apprenne à se battre quand il était petit, ai-je pensé. Ça lui aurait évité de recevoir autant de coups.

Bien sûr, je me suis gardée de le dire tout haut, et j'ai demandé :

— On va chercher mon cadeau maintenant ?

Grand-mère a soupiré.

— Allons-y, a-t-elle dit en se levant.

Mais quand elle a vu ce que je lui montrais dans l'animalerie, elle a levé les yeux au ciel.

— C'est *ça* que tu veux ? Tu es sûre ?

Évidemment, que j'étais sûre. Qu'aurais-je pu désirer d'autre ? Ne voyait-elle pas que le collier était magnifique ? Rose, avec plein de *paillettes*.

— Tu ne préférerais pas une jolie petite robe ? a demandé Grand-mère. J'en ai vu qui étaient adorables, l'autre jour, dans une boutique pas loin d'ici.

Une robe ? Qu'est-ce que j'avais à faire d'une robe ? Non, ça ne m'intéressait pas du tout ! On m'en achetait tout le temps, des robes. Tandis qu'un lit rose pour un petit chat, avec un baldaquin et un coussin assorti... ça, c'était un cadeau rare.

— Ou une poupée ? a demandé Grand-mère pleine d'espoir. Il y a une nouvelle collection qui vient de sortir. *Les Quatre Filles du Docteur March*. C'est aussi un livre très célèbre, avec quatre sœurs... Tu le liras sûrement plus tard. En tout cas, une des sœurs s'appelle Jo, et je suis sûre qu'elle te plairait. Elle aussi, elle veut tout le temps se battre.

Mais Grand-mère n'avait rien compris ! Je ne voulais pas me battre. Au contraire, je voulais *éviter* de me battre. Sauf que personne n'était capable de m'indiquer comment faire.

Je suis restée plantée devant le lit du chat.

— Non, ai-je affirmé. C'est ça que je veux. J'en ai *vraiment* très envie !

— Très bien, a soupiré Grand-mère. Alors dans ce cas...

Et elle a tendu la main pour attraper le collier. Mon cœur a fait un bond dans ma poitrine. Le joli petit lit pour ma Micha ! Et le collier rose avec des perles ! Mon chaton allait être tellement beau, tellement bien installé !

En allant vers la caisse, j'ai vu aussi deux petites gamelles en céramique blanche, l'une pour les croquettes, l'autre pour l'eau. Et comme elles ne coûtaient que 4 dollars chacune, Grand-mère a accepté de me les acheter.

Comme j'étais contente ! J'avais tout ce qu'il fallait pour mon chaton maintenant (sauf les croquettes, un bac à litière, et les vaccins !). J'ai serré précieusement mes paquets dans mes bras jusqu'à la maison (en fait, le lit était tellement gros que j'avais un peu de mal à le tenir).

C'est quand j'ai passé la porte que ma mère a annoncé la mauvaise nouvelle. En même temps, c'était aussi une bonne nouvelle, ça dépendait de la façon dont on voyait les choses.

— Mme Hauser a téléphoné. Lady Serena Archibald a attrapé une infection.

Mon père a lancé en plaisantant :

— En fait, Mme Hauser a décidé de faire de la place dans son placard pour pouvoir s'acheter de nouvelles chaussures.

Ma mère s'est retournée et l'a fusillé du regard.

— Lady Serena n'est pas en danger, mais elle ne peut plus allaiter. Le vétérinaire a trouvé une solution. Les chatons vont être placés chez des gens dont la chatte vient d'avoir des bébés. Mais puisque tu as déjà choisi le tien, Mme Hauser a pensé que tu aimerais l'avoir plus tôt...

J'ai retenu mon souffle. J'allais pouvoir ramener Micha à la maison ? Ce soir ?

— Attends, attends, a repris ma mère. Je lui ai répondu que c'était une responsabilité trop lourde pour une petite fille de neuf ans. Un chaton qui n'est pas encore sevré, et qui est né prématurément en plus, ce n'est pas...

— Pas du tout ! ai-je crié. Je saurai m'en occuper !

Ma mère a eu l'air un peu affolé.

— Allie... Il va falloir le nourrir avec un lait en poudre spécial, stériliser les biberons, lui donner à boire toutes les quatre heures... Qui s'en chargera pendant que tu seras à l'école ?

— Moi, a dit Grand-mère en posant tranquillement son sac à main. Je peux le faire tant que je suis ici.

Mon père s'est tourné vers Grand-mère en ouvrant de grands yeux.

— Maman... Tu es sûre ?

— C'est très gentil à vous, Ruth, a répondu ma mère. Mais...

— Ce n'est jamais qu'un chaton, Elizabeth ! Si je ne suis pas capable d'assumer une telle responsabilité, à mon âge !

J'ai soudain éprouvé un amour immense pour Grand-mère. Même que je m'en voulais de toutes les choses pas gentilles que j'avais pu penser d'elle.

— Oh, oui, maman ! S'il te plaît ! En plus, comme je veux être vétérinaire plus tard, j'ai lu tous les livres de la bibliothèque qui parlent des chats, de leur hygiène, de leur alimentation... Je sais exactement ce qu'il faut faire. Je resterai avec lui, comme si j'étais Lady Serena. Je n'irai pas dormir chez mes copines, je n'irai pas jouer dehors. De toute façon, je m'en fiche ! Je lui donnerai son biberon le matin avant d'aller à l'école, à midi quand je reviens déjeuner, l'après-midi, le soir, et juste avant de me coucher, et aussi pendant la nuit. J'inviterai Erica. Comme ça, elle pourra s'en occuper avec moi, et Sophie et Caroline seront également d'accord pour m'aider...

— Moi aussi, je m'en occuperai, a déclaré Mark.

Il était sorti du salon pour venir dans la cuisine. Et il n'avait pas du tout l'air de plaisanter.

— Moi aussi, a dit Kevin qui le suivait. Je m'occuperai de Micha.

Ma mère nous a regardés tous les trois. Puis elle s'est tournée vers mon père pour lui demander son avis. Il a haussé les épaules.

— Après tout, ce n'est qu'un *chaton*, Elizabeth. C'est résistant, ces bêtes-là.

Ma mère a contemplé le plafond. Elle a pris une profonde inspiration, elle a expiré et a fini par dire :

— D'accord. On peut toujours essayer.

On a tous poussé des hurlements de joie. Enfin, seulement Mark, Kevin et moi. Notre chien Marvin, qui était couché par terre, s'est mis à aboyer, lui. Et ma mère a dû crier pour se faire entendre :

— Mais si ça ne marche pas, il part dans la famille d'accueil que le vétérinaire a trouvée !

C'est ainsi que, cinq heures plus tard, j'étais allongée sur le sol de ma chambre, dans mon sac de couchage, derrière la barrière que j'avais construite, pas pour empêcher Micha de sortir, mais pour la protéger de Marvin, si jamais il entrait dans ma chambre. Je n'avais pas peur qu'il lui fasse du mal, non, je me méfiais plutôt des microbes, au cas où il en aurait. Ce n'était sûrement pas bon pour un si petit bébé.

Et là, couchée par terre, je contemplais Micha. Quand on était allées la chercher, ma mère et moi, Mme Hauser m'avait donné tout le matériel nécessaire pour la nourrir. Je n'en revenais pas qu'elle soit enfin là. C'était comme un rêve devenu réalité.

J'avais placé la bouillotte de ma mère sous la boîte à chaussures, pour que ce ne soit pas trop chaud, mais juste tiède, comme la température de Lady Serena à laquelle elle était habituée. J'aurais bien aimé mettre Micha dans le lit rose à baldaquin, mais Mme Hauser avait expliqué que le vétérinaire recommandait de la laisser dans une petite boîte pour l'instant, pour qu'elle se sente plus en sécurité.

C'était justement ce que je voulais par-dessus tout, que ma Micha se sente en sécurité. Et pour que ses frères et sœurs, sa maman aussi, ne lui manquent pas trop. Je me faisais tellement de souci pour elle ! La pauvre. Elle était toute seule, dans un endroit inconnu ! Moi aussi, ça m'avait fait bizarre la première fois que j'étais arrivée ici. Je ne reconnaissais rien, je n'étais pas à l'aise.

En tout cas, elle m'avait donné l'impression de bien aimer le biberon que je lui avais préparé. Moi, il ne m'avait pas du tout fait envie – c'était une espèce de poudre qu'on mélangeait à de l'eau –, mais Micha semblait l'avoir apprécié. Peut-être qu'elle n'avait pas eu assez à manger chez Mme Hauser, parce qu'il y avait trop de chatons et pas assez de place pour tout le monde. Et puis après, quand Lady Serena était tombée malade et n'avait plus de lait.

Ce que je trouvais incroyable, c'est qu'avec tout ce qu'elle avait ingurgité, elle avait encore faim quatre heures après. Je savais qu'elle allait me réveiller en plein milieu de la nuit, mais ça ne me dérangeait pas. Quand il s'agit de son petit chaton, on s'en fiche d'être fatiguée. Et puis, ce n'était qu'une affaire de quelques semaines ; après, elle mangerait des croquettes normales.

Grand-mère avait promis de s'en occuper pendant que je serais à l'école, et mes parents aussi. Même Oncle Jay avait proposé de passer de temps en temps dans la journée, entre ses cours, une fois Grand-mère partie. Lui aussi voulait participer à « l'Opération Micha », comme il l'appelait.

— Tu sais qu'il faut faire huit ans d'études pour devenir vétérinaire ? m'avait-il demandé pendant le dîner (on s'était fait livrer de la cuisine indienne).

J'étais en train de manger une part de naan. C'est une sorte de pain plat, un peu comme une galette, et je trouvais ça très bon.

— Oui, et alors ?

— Tu veux vraiment faire huit ans d'études juste pour pouvoir tâter les jambes d'un cheval ?

— En tout cas, les vétérinaires sont sûrement mieux payés que les poètes, avait fait remarquer Grand-mère.

— Certes, avait répondu Oncle Jay en se resservant du poulet tandoori (c'est une autre spécialité indienne).

J'étais montée me coucher tout de suite après le dîner, et alors que j'étais sur le point de m'endormir, je m'étais dit que j'avais vraiment de la chance. C'est vrai, quoi ! J'avais un chaton – un tout petit chaton qui venait de naître – rien qu'à *moi* ! D'un coup, ça m'avait paru plus important que tout le reste dans ma vie. Être La Nouvelle, avoir eu honte devant tout le monde, et même être terrorisée par Rosemary... Qu'est-ce que ça pouvait me faire maintenant ? J'avais ma Micha. Je veillerai à ce qu'elle soit en sécurité, au chaud, bien nourrie. Je la protégerai pour qu'il ne lui arrive jamais rien de mal.

Et c'est comme ça que l'idée m'est venue qu'à moi non plus, il ne fallait pas qu'il m'arrive du mal. Il fallait que tout change. Oui, demain, tout serait différent. Parce que je ne pouvais plus penser uniquement à moi. Je devais penser aussi à mon chaton.

Règle n° 12

Tout le monde fait des erreurs,
et tout le monde mérite
d'avoir une seconde chance.

Sauf que le lendemain, ça ne s'est pas passé aussi bien que je l'espérais. Comme je m'étais réveillée en pleine nuit pour donner à manger à Micha, et puis encore une fois tôt le matin, j'ai eu du mal à me lever, et quand Erica est venue me chercher pour aller à l'école, je n'étais pas prête.

Heureusement que Mark, qui avait promis de m'aider, a tenu parole. Au lieu de filer sur le vélo de ses amis, il a proposé d'aller à pied à l'école avec Erica et Kevin. Je me suis dit que mes petits frères, finalement, étaient quand même plutôt gentils.

Ma mère m'a fait un mot d'excuse pour mon retard et mon père m'a déposée à l'école en voiture avant d'aller au travail, même si l'école n'est qu'à deux cents mètres de chez nous. Je me suis dépêchée de monter en classe, pour ne pas rater les maths. Et aussi parce que j'étais impatiente de raconter à Sophie et à Caroline ce qui était arrivé à Micha.

Bref, je n'ai pas remarqué que je n'étais pas la seule à m'être réveillée trop tard. Une autre fille s'était aussi fait déposer en voiture par ses parents, et elle courait vers l'escalier. Résultat, on s'est cognées toutes les deux au bas des marches.

— Tu pourrais faire attention ! s'est-elle exclamée.

J'ai levé les yeux : c'était... Rosemary. Les mots sont alors sortis tout seuls de ma bouche.

— Toi aussi, tu n'as qu'à faire attention !

C'est à ce moment-là que Rosemary a vu à qui elle s'adressait, et elle m'a poussée d'un grand coup sur l'épaule.

Comme d'habitude quand je me retrouve face à Rosemary, mon cœur a fait un bond, puis il s'est mis à battre à toute allure. Il cognait dans ma poitrine, comme les coups de poing que Rosemary allait faire pleuvoir sur moi.

Mais brusquement, je me suis dit que cette histoire avec Rosemary était vraiment ridicule. J'en avais assez d'y penser tout le temps, et surtout, je voulais garder mon énergie pour autre chose. Parce que j'avais à m'occuper d'un chaton maintenant. Et que c'était beaucoup plus important.

— Répète ce que tu as dit ! a lâché Rosemary de sa voix la plus menaçante, en laissant tomber son cartable à ses pieds.

Mon cœur battait toujours très fort, mais j'ai posé mon cartable à mon tour. L'heure était venue. J'allais mettre fin à cette tyrannie une bonne fois pour toutes.

— Tu es sourde ? ai-je répondu. Je t'ai dit que c'était à *toi* de faire attention !

Rosemary a cligné plusieurs fois des yeux. C'est clair qu'elle était déstabilisée. En même temps, ça ne l'a pas empêchée de rétorquer :

— Non. C'est à TOI !

Une voix d'homme s'est élevée à ce moment-là derrière nous. Elle venait du fond du couloir.

— Moi, je vous conseille de faire attention toutes les deux et de filer en classe. Vous êtes en retard.

On s'est retournées, Rosemary et moi, et on a vu que M. Elkhart nous observait, appuyé sur son balai. Rosemary a poussé un petit cri étouffé, comme un coupable qui s'est fait prendre en flagrant délit. Elle a ramassé son cartable et s'est sauvée en courant. Moi, j'ai mis un peu plus de temps, parce que mon sac s'était retourné par terre et que j'ai dû ramasser mes affaires et les ranger.

J'avais été surprise alors que je m'apprêtais à me lancer dans une bagarre, mais je m'en fichais. De toute façon, c'est Rosemary qui avait commencé. Quand je me suis relevée, M. Elkhart n'avait pas bougé. Il était toujours là, appuyé sur son balai, et il me regardait. Qu'est-ce qu'il me voulait ? D'un geste du menton, il a indiqué Rosemary qui était déjà tout en haut de l'escalier.

— Elle est tout le temps en train de te chercher, celle-là, a-t-il fait remarquer.

— Oui.

J'ai veillé à bien prononcer « oui » et pas « ouais », parce que mon père dit que *ce n'est pas poli de répondre « ouais » quand on s'adresse aux adultes*. C'est une règle.

— Pourquoi, à ton avis ? a demandé M. Elkhart.

— Je ne sais pas, ai-je répondu en haussant les épaules, même si, pour le coup, c'est Grand-mère qui trouve que ce n'est pas poli de hausser les épaules.

— Tu veux que je te le dise ?

Et M. Elkhart a continué sans attendre ma réponse :

— C'est parce que toi et les autres filles, vous ne lui proposez jamais de jouer avec vous.

Je l'ai regardé d'un air ébahi. M. Elkhart est très gentil, vraiment. Il va toujours chercher les ballons qui atterrissent sur le toit du préau ou dans le parking où on n'a pas le droit d'aller.

Mais là, je me suis dit que ça ne devait pas tourner rond dans sa tête. Parce qu'il fallait être fou pour penser une chose pareille. Non ? Rosemary voulait m'attaquer parce qu'on ne jouait jamais avec elle ?

— Alors ? Qu'est-ce que tu en penses ? a continué M. Elkhart en me fixant. Elle est toujours avec les garçons, pas vrai ? Avec eux, elle joue au ballon, à la bagarre. Elle les pousse sous les chaises. Mais vous, les filles ? Vous lui avez déjà proposé de se joindre à vous ? Ne me raconte pas d'histoires, je sais que non. Vous ne l'invitez pas à déjeuner. Vous n'allez pas la chercher pendant la récréation.

— Bien sûr que non puisqu'elle veut me massacrer !

Même quelqu'un qui n'avait pas les idées très claires pouvait comprendre ça, ai-je pensé. C'était d'une telle évidence !

— Non, c'est parce qu'elle se sent rejetée, a répondu M. Elkhart. Certaines personnes ne savent pas très bien comment se comporter. Alors elles se comportent *mal*, exprès. C'est exactement ce que fait Rosemary. Mais peut-être qu'elle serait plus gentille si vous essayiez de l'inclure de temps en temps dans votre groupe, au lieu de la traiter comme un garçon.

M. Elkhart a haussé les épaules et il s'est remis à balayer.

— Enfin, c'est mon avis, a-t-il conclu. Tu en penses ce que tu veux. Moi, je me contente d'observer, et crois-moi, je vois beaucoup de choses dans cette école.

M. Elkhart s'est éloigné dans le couloir en poussant son balai. J'ai réfléchi à ce qu'il avait dit, et je trouvais que ce n'était pas juste. D'abord, on n'y pouvait rien, nous, si Rosemary faisait tout comme les garçons : elle s'asseyait au dernier rang pour chahuter, elle se bagarrait, elle jouait au foot, elle ricanait et se moquait des autres.

Mais on ne la rejetait pas. C'est elle qui avait commencé. Si elle voulait être acceptée par les filles, elle n'avait qu'à pas menacer de les massacrer !

D'un autre côté, c'est *vrai* qu'elle était venue voir ce qu'on faisait derrière les buissons, Caroline, Sophie, Erica et moi. Peut-être que c'était sa manière à elle de demander si elle pouvait jouer avec nous. Et qu'en fait, malgré les apparences, elle avait *envie* de se comporter plus comme une fille et de jouer à des « jeux de filles ».

Mais alors, pourquoi s'était-elle moquée de moi en lisant ma rédaction ? Elle avait ri à cause du lit rose à baldaquin et du collier rose avec des perles que je voulais acheter pour Micha. Tout d'un coup, j'ai compris. Quand on se moque de ce que veulent les autres, est-ce que ça pourrait être parce qu'on est jaloux, et qu'au fond, on aimerait bien avoir la même chose ?

Je suis montée en classe. C'était bizarre, mais j'avais comme l'impression qu'on venait de m'enlever un bandeau sur les yeux. M. Elkhart se trompait peut-être. Mais peut-être que non.

Et s'il avait raison, alors c'était le meilleur de tous les conseils qu'on m'avait donnés jusque-là, et c'était lui qu'il fallait écouter. Pas mon père avec sa leçon de boxe, ni Grand-mère avec ses idées sur les filles bien élevées qui ne donnaient jamais de coups de poing, ni Oncle Jay avec son histoire de retourner la situation en faisant peur à l'adversaire.

J'y ai pensé pendant toute la matinée, et j'ai observé Rosemary (ce n'était pas facile, parce qu'elle était assise au fond, mais je me retournais discrètement de temps en temps, sans trop me faire remarquer). Et plus je l'observais, plus je donnais raison à M. Elkhart. C'est vrai, Rosemary essayait sans cesse d'attirer l'attention des autres filles, et tout le monde l'ignorait royalement.

Erica et moi, on se faisait gronder parce qu'on bavardait. Mais aucune fille ne bavardait avec Rosemary.

Caroline et Sophie ont été surprises en train de se passer des messages pendant les maths. Mais aucune fille ne passait de messages à Rosemary.

Rosemary, elle, s'était fait prendre quand elle m'a lancé un avion en papier sur lequel elle avait écrit *Peureuse*. C'était toujours comme ça avec Rosemary. Pour attirer l'attention d'une autre fille, elle l'embêtait.

Ça ne devait pas aider que Mme Hunter l'ait mise au fond, avec Stuart Maxwell, Joey Fields et Patrick Day, les garçons les plus agités de la classe. Du coup, elle n'avait pas tellement l'occasion de se rapprocher des filles. Mais quand elle en avait une, qu'est-ce qu'elle faisait ? Elle disait qu'elle allait nous attaquer.

À force de tourner tout ça dans ma tête, je commençais à comprendre ce que M. Elkhart avait voulu dire. Rosemary ne *savait pas* se comporter autrement, voilà tout. Qui sait si elle ne connaissait pas les règles fondamentales dans la vie parce que personne ne les lui avait apprises. C'était possible. Ou peut-être qu'elle n'avait jamais pensé à les noter dans un petit carnet, comme moi.

Dans ce cas, on ne pouvait pas lui reprocher son comportement. C'est vrai, quoi. Ce n'est pas facile d'être en C.M.1. Je ne parle pas seulement du travail à l'école, mais aussi des amies et de tout le reste. Je ne sais pas comment je m'en sortirais, moi, si je ne connaissais pas autant de règles et de principes.

Bref, après avoir pensé toute la matinée à Rosemary et aux paroles de M. Elkhart, quand la cloche a sonné et qu'on a mis nos manteaux, j'en étais arrivée à une conclusion. Et ma conclusion, c'était que M. Elkhart avait peut-être raison. Bon, je n'en étais pas sûre à cent pour cent, parce qu'après tout, je venais d'arriver dans l'école et j'étais encore La Nouvelle. Mais je voyais bien comment j'étais devenue très vite amie avec Erica, Caroline et Sophie. J'avais eu de la chance, et du coup, je ne m'étais pas intéressée aux autres filles de la classe. D'accord, c'est Rosemary qui avait commencé. Elle s'en était prise à moi dès le jour de la rentrée.

Mais *tout le monde fait des erreurs, et tout le monde mérite d'avoir une seconde chance.*

Ça, c'est une règle vraiment fondamentale.

Aussi, quand on est arrivés en bas de l'escalier, juste avant que la classe se sépare en deux groupes – d'un côté ceux qui rentraient chez eux pour déjeuner, et de l'autre, ceux qui mangeaient à la cantine –, j'ai pris une grande inspiration et je me suis approchée de Rosemary.

— Rosemary ? ai-je dit.

Elle a arrêté de torturer David Brandtlinger, à qui elle faisait une brûlure indienne, et s'est tournée vers moi en répondant d'une voix hargneuse :

— Quoi ? Qu'est-ce que tu veux ?

Je sentais les regards d'Erica, de Caroline et de Sophie posés sur moi. Et j'ai entendu que Sophie retenait son souffle, en forçant un peu sur l'effet dramatique.

« Allez, vas-y, me suis-je dit pour m'encourager. Courage, Allie. Il le faut. » Parce que c'était le seul moyen. Je devais absolument essayer de faire la paix avec Rosemary. Si ça ne marchait pas, tant pis. Dans ce cas, je serais peut-être quand même obligée de lui donner un coup de poing dans le nez – ou d'en recevoir un.

Mais au moins, j'aurais *essayé.*

— Est-ce que tu veux venir déjeuner chez moi ? ai-je demandé. J'aimerais bien te montrer mon nouveau chaton.

Rosemary a lâché le poignet de David et elle est restée immobile, les bras ballants. David non plus ne bougeait pas. Tout le monde autour était pétrifié. Voyant que plus personne n'avançait, Mme Hunter a lancé :

— Allons, les enfants ! Ne restez pas là.

À ce moment-là, elle s'est aperçue que tous les yeux étaient fixés sur Rosemary et moi. Elle a alors compris qu'il se passait quelque chose, et elle s'est tournée vers nous.

Rosemary a demandé d'un air méfiant :

— Tu dis ça pour te moquer de moi ?

— Pas du tout. Je viens d'avoir mon chaton. Tu sais, Micha... En fait, elle est trop jeune pour être séparée de sa mère, mais Lady Serena Archibald a attrapé une infection et ne peut plus l'allaiter, du coup, je la nourris au biberon. Si tu veux, tu pourras le faire. Sauf qu'elle est fragile. Tu dois me promettre d'être très douce avec elle.

Visiblement, Rosemary se demandait si je n'étais pas en train de lui tendre un piège. Elle s'imaginait peut-être que je l'invitais pour qu'on se retrouve toutes les deux seules chez moi, et qu'après je lui donnerais un coup de marteau sur la tête ou quelque chose dans le genre.

Mais quand j'ai parlé du biberon et que je lui ai proposé de le donner à Micha, il s'est passé quelque chose. On aurait dit qu'une petite lumière s'allumait dans ses yeux. En plus, comme j'avais raconté plein de détails, mon histoire ne pouvait pas être un mensonge, et j'ai bien vu qu'elle y croyait.

Bref, elle avait envie de venir chez moi pour voir Micha. Elle en avait même *très* envie. Mais apparemment, ça lui était difficile d'oublier le passé et de tourner la page.

— Je ne sais pas… a-t-elle dit en hésitant. Il y a quoi pour le déjeuner ?

J'ai haussé les épaules.

— On n'a pas encore de cuisinière, alors ce sera forcément quelque chose au micro-ondes. Des saucisses de Francfort, ou des crêpes jambon fromage, ou de la soupe avec des croûtons.

— Est-ce que tes saletés de frères seront là ? a demandé Rosemary.

— Ben oui. Mais ils n'ont pas le droit d'entrer dans ma chambre, sauf si je les y autorise.

— Les enfants !

J'avais oublié que Mme Hunter était là. Elle avait entendu notre conversation.

— Il faut avancer maintenant ! Rosemary, si tu vas déjeuner chez Allie, ce que je te conseille fortement, mets-toi avec l'autre groupe, s'il te plaît.

Rosemary a regardé Mme Hunter, puis elle s'est tournée vers moi. C'était peut-être un effet de mon imagination, je ne sais pas, mais j'ai eu l'impression que toute la classe retenait son souffle. Rosemary a alors levé les yeux au ciel.

— D'accord, a-t-elle répondu avec un soupir. Je veux bien aller voir ton chaton.

Et elle s'est rangée avec moi dans le groupe de ceux qui ne mangeaient pas à la cantine.

Pendant qu'on allait chercher Kevin dans sa classe, Caroline, Sophie et Erica n'ont pas dit un mot. Ça n'était jamais arrivé. D'habitude, elles ont toujours quelque chose à raconter. Mais c'est vrai que c'était bizarre de faire le chemin jusqu'à chez nous avec Rosemary.

Quand on s'est arrêtées devant la classe de Kevin, Rosemary a demandé d'un air agacé :

— Qu'est-ce que vous faites ?

Là, Caroline a craqué.

— On vient chercher le petit frère d'Allie. Ça te dérange ? Tu préfères qu'on le laisse ici, peut-être ?

Rosemary a écarquillé les yeux et posé les mains sur ses hanches dans un geste de provocation.

— Oh, là, là ! Mademoiselle Je-sais-tout ! *Excuse-moi !*

Évidemment, Erica s'est précipitée pour calmer le jeu.

— Rosemary ne savait pas ! Ce n'est pas grave !

À ce moment-là, Kevin est sorti de la classe et il a aperçu Rosemary.

— Coucou ! a-t-il lancé avec enthousiasme. Tu veux me donner la main pour rentrer à la maison ? Mais juste aujourd'hui, hein ? Parce que tu es nouvelle. Normalement, c'est Caroline et Sophie.

Caroline et Sophie m'ont jeté des regards paniqués. Je ne savais pas quoi dire, ni quoi faire, alors je les ai fixées toutes les deux sans bouger. Erica s'est mise à se ronger l'ongle du pouce.

C'est là que, à ma grande surprise, Rosemary est devenue toute rouge.

— D'accord, a-t-elle répondu à Kevin d'une voix étouffée, et pas en claironnant comme elle fait d'habitude. Mais seulement quand on aura passé le portail. Et tu ne le diras à *personne* ! Compris ?

Kevin a acquiescé avec un haussement d'épaules, parce qu'il ne voyait pas où était le problème. Il a attrapé Sophie et Caroline par la main et les a entraînées en trottinant. Rosemary les suivait en gardant la tête basse. Erica a arrêté de ronger son ongle et m'a saisie par le bras.

— Allie, m'a-t-elle soufflé à l'oreille. Qu'est-ce que tu fabriques ?

J'ai répondu en chuchotant aussi :

— Je crois qu'on a tout faux, avec Rosemary. En fait, elle a envie d'être avec nous. Avec les filles.

— Tu es folle ? Dès que vous serez toutes les deux seules dans ta chambre, elle va te tomber dessus !

— Non, non. Ça va bien se passer.

Je n'en étais pas sûre, en fait. Mais j'avais un bon pressentiment. Disons que *j'espérais* que ça se passerait bien, voilà. Je prenais un risque, comme Mme Hauser quand elle m'avait laissée ramener Micha à la maison. Elle non plus ne pouvait pas être sûre que tout irait bien. C'était ça, justement, prendre un risque. Si on partait toujours battu d'avance, on ne tentait jamais rien.

La suite a prouvé que j'avais raison. Une demi-heure plus tard, quand Rosemary a donné le biberon à Micha, j'ai su que c'était gagné. Elle était assise sur mon lit, et elle souriait avec attendrissement en regardant Micha boire jusqu'à la dernière goutte.

Attention, je ne me suis pas dit que Rosemary et moi, on allait devenir meilleures amies. Quand même. Mais je pouvais affirmer une chose, c'est qu'elle n'essaierait plus de me frapper. Parce qu'on ne frappe pas quelqu'un avec qui on vient de manger un roulé au fromage, non ? Après avoir donné un biberon à son chaton, en plus !

— Elle est tellement minuscule ! a murmuré Rosemary. C'est super que tes parents te laissent t'occuper d'un chaton aussi jeune.

— Je suis l'aînée. C'est pour ça que j'ai plus de responsabilités.

— Moi, je suis la dernière, m'a confié Rosemary en jetant un regard autour de ma chambre. Et je n'ai que des frères.

— Ah bon ? ai-je fait. On ne dirait pas. (Ce qui était un pur mensonge.)

— Dis donc, tu as beaucoup de poupées, a fait remarquer Rosemary.

— Tu pourrais venir jouer avec moi, de temps en temps. J'aime bien un jeu qui s'appelle Police Blues. L'une des poupées est sauvagement assassinée et les autres doivent trouver le coupable.

Rosemary a ricané.

— Ha ! Alors, c'est à ça que vous jouez dans les buissons, pendant la récré ?

Je me suis rappelé la remarque de M. Elkhart, comme quoi on ne proposait jamais à Rosemary de jouer avec nous.

— Non, ai-je répondu. On joue aux Reines. L'idée, c'est qu'on est des reines et on est poursuivies par un méchant seigneur qui essaie de nous tuer. Tu pourrais jouer avec nous, si tu veux.

— Tu parles ! Ça fait trois ans qu'elles jouent ensemble et elles ne m'ont jamais proposé de venir. Pas une seule fois. Mais toi, La Nouvelle, elles ont bien voulu dès le premier jour. Je ne les intéresse pas, c'est clair.

En entendant ça, j'ai tout compris. Je veux dire, par rapport à Rosemary et moi. C'était très simple, finalement. À peine arrivée à l'école, je m'étais tout de suite fait plus d'amies qu'elle. Non, pas *plus*. Parce que Rosemary n'avait *aucune* amie. Sauf moi. Et encore, c'est parce que je faisais semblant, pour ne pas qu'elle m'attaque.

— Elles voudront bien jouer avec toi si je leur dis que tu seras gentille, ai-je déclaré.

Rosemary a fait non de la tête. En même temps, elle a caressé tout doucement Micha dans le cou.

— Elles ne m'aiment pas. Caroline et sa bande, je les connais depuis le C.P. Elles ont toujours été pestes !

Pestes ? Caroline, Sophie et Erica ? Comment pouvait-on penser une chose pareille ?

— C'est parce qu'elles ne te connaissent pas vraiment, ai-je expliqué. Et puis aussi...

J'ai hésité. Il fallait que je choisisse bien mes mots pour ne pas vexer Rosemary. *On n'insulte pas quelqu'un qu'on a invité chez soi.* (C'est une règle.)

— En fait, Rosemary... Peut-être que tu ne t'en rends pas compte, mais tu fais peur, parfois.

Rosemary m'a regardée en ouvrant des yeux immenses. Mais elle n'a pas eu l'air vexé. Pas du tout. Au contraire, j'avais presque l'impression qu'elle découvrait quelque chose et que ça ne lui déplaisait pas. Qu'elle le prenait pour un compliment, même. Vu qu'elle se taisait, j'ai continué :

— Tu devrais venir déjeuner chez moi plus souvent. Comme ça, elles auraient l'occasion de te parler. Si elles te connaissaient mieux, je suis sûre qu'elles t'aimeraient bien.

Ça, je n'en étais pas sûre du tout. Mais bon. Inviter Rosemary à déjeuner de temps en temps, ce n'était pas trop cher payé pour avoir la paix.

— Si je reviens, je pourrais encore donner son biberon à Micha ? a demandé Rosemary en caressant le chaton sur la tête.

— Oui, bien sûr.

Rosemary était contente, ça se voyait, et j'ai eu brusquement honte. C'est vrai, j'aurais dû comprendre bien plus tôt pourquoi Rosemary m'en voulait. Parce qu'elle avait envie d'être mon amie, mais qu'elle ne savait pas comment me le montrer, sauf en me menaçant. C'est ce que font les garçons, non ? Quand ils se provoquent et cherchent la bagarre ?

Rosemary n'avait que des grands frères, alors pour elle, c'était normal de se mettre au fond de la classe avec les garçons. Elle avait l'habitude de jouer avec eux, tandis qu'avec les filles, elle ne savait pas comment s'y prendre. Je me suis dit que quelqu'un comme Rosemary Dawkins aurait vraiment besoin d'être aidée avec des règles et des principes de vie. Mais j'ai décidé de ne pas lui montrer mon cahier. Les amitiés, c'est comme quand on nourrit un chaton... Il faut commencer doucement, donner de petites quantités au début, pas trop d'un coup.

J'aurais bien d'autres occasions de parler des règles de vie avec Rosemary.

Plus tard.

Il faudrait du temps, sûrement.

Règle n° 13

Les chats n'ont rien à faire de la couleur de leur collier.

Après le déjeuner, Rosemary, Erica, Caroline, Sophie et moi, on est retournées à l'école ensemble. Mais en approchant du portail, quand on a entendu les cris et les rires des élèves qui mangeaient à la cantine, Rosemary a soudain déclaré :

— C'était chouette. Merci pour le déjeuner... Bon, à tout à l'heure.

Et elle a couru rejoindre les garçons sur le terrain de foot. On est restées sans bouger toutes les quatre.

— Ben dis donc, a soufflé Caroline. Alors ? Raconte !

— C'est bien ce que je pensais, ai-je répondu. Rosemary a envie de jouer avec les filles.

— Elle ne le montre pas, en tout cas !

— C'est vrai. Elle est tout le temps en train d'embêter les filles, a dit Sophie.

— Elle n'est pas si méchante que ça, a plaidé Erica. Quand on la connaît un peu. Kevin l'aime bien, d'ailleurs.

J'ai confirmé :

— Oui, Kevin l'aime beaucoup. Mais le plus important, c'est qu'elle ne veut plus s'en prendre à moi maintenant. On devrait juste jouer avec elle de temps en temps, pour qu'elle n'ait pas l'impression qu'on la rejette. Parce qu'elle aimerait bien être avec nous, en fait.

— Bon, d'accord, a répondu Caroline en haussant les épaules. Mais nous, on n'a jamais rejeté personne. On ne se la pète pas.

— Oui, a renchéri Sophie. On n'est pas des crâneuses.

— Mais peut-être que les autres ont cette impression-là, ai-je suggéré. Parce que Caroline est la meilleure de l'école en orthographe...

— Erica fait super bien les sauts périlleux arrière, a dit Sophie.

— Sophie est très jolie, a enchaîné Erica, et elle est amoureuse d'un prince.

— Et Allie a un minuscule bébé chaton, a conclu Caroline.

— Bref, ai-je dit pour résumer. On a toutes des choses à envier. En plus, on est des Reines.

— Oui, a reconnu Caroline. Ça compte, ça.

— Mais ce n'est pas une raison pour ne pas faire attention aux autres, ai-je ajouté.

Les filles ont acquiescé. On était toutes d'accord.

— On est des Reines, a dit Erica en me donnant la main ainsi qu'à Sophie. Et aussi des meilleures amies, hein ?

Je n'en revenais pas. Aucune d'entre elles n'en avait encore jamais parlé. Mais on y était ! On allait se le déclarer !

— Oui ! a répondu Sophie en prenant la main de Caroline, tandis que Caroline attrapait celle d'Erica. Meilleures amies pour la vie, pas vrai ?

— *Pour la vie*, a-t-on répété toutes ensemble.

On s'est secoué les mains, une fois, pour sceller le pacte. Et voilà. C'était fait.

Je n'avais pas seulement une meilleure amie.

J'en avais trois.

Je n'allais plus être La Nouvelle, maintenant !

*

Trois semaines plus tard, on a emmené Micha faire son premier examen et ses premiers vaccins chez le Dr Lorenzo, le vétérinaire qui s'occupe aussi de notre chien Marvin. C'est une femme, et je l'adore. Je la trouve super jolie avec sa blouse blanche, ses cheveux courts et son grand sourire. En général, elle me félicite parce que je brosse bien Marvin, ce qui n'est pas une simple affaire vu qu'il a *beaucoup* de poils. Quand je serai grande, je veux être exactement comme le Dr Lorenzo. Sauf que j'aurai les cheveux longs.

Le Dr Lorenzo m'a fait plein de compliments sur Micha. Elle a dit que je m'en étais très bien occupée, et que son poids était parfait pour un chaton de son âge, même nourri au biberon. Elle a déclaré qu'on pouvait commencer à lui donner des croquettes, parce que Micha grandissait vite et qu'elle était déjà très vigoureuse.

— Alors, Allie ? a-t-elle demandé. Tu te plais dans ta nouvelle maison ?

— Oui, ai-je répondu. En plus, on a enfin reçu la cuisinière.

— Oh, a fait le Dr Lorenzo en interrogeant mon père du regard.

— Le fabricant était en rupture de stock, a-t-il expliqué. Mais ça valait le coup d'attendre.

— Hé, vous savez quoi ? a lancé Kevin au Dr Lorenzo.

Il en avait assez de ne pas être au centre de l'attention.

— Oui ?

— Grand-mère m'a acheté un livre sur les pirates. Et un nouveau casque de vélo pour mon frère. Il voulait un B.M.X., mais maman a dit que c'était trop cher. Il l'aura pour Noël.

— Quelle chance !

— Mais ce n'est pas seulement pour les cadeaux que j'aime Grand-mère.

— J'espère bien que non, a répondu le Dr Lorenzo en soulevant la queue de Micha. Ah, tiens...

— Quoi ? Qu'est-ce qu'il y a ? ai-je demandé, inquiète.

— Ta Micha n'est pas une petite chatte. C'est un mâle.

— Allons bon, a lâché mon père.

Heureusement que j'étais debout juste à côté de la table d'examen et que j'ai pu m'accrocher, sinon je suis sûre que je serais tombée tellement tout tournait autour de moi.

— UN MÂLE ?

— Oui, je suis désolée, a dit gentiment le Dr Lorenzo. Mais ça n'a pas d'importance, n'est-ce pas ? Que ce soit un mâle ou une femelle, tu l'aimeras tout autant. C'est un chaton magnifique, en bonne santé, et il t'adore. Écoute... Tu entends comme il ronronne parce que tu es là, à côté de lui ?

— Mais...

Les larmes me sont montées aux yeux. Je ne pouvais pas m'en empêcher. J'aimais *déjà* Micha, et bien sûr, ça ne changeait rien. Sauf que je lui avais acheté un lit à baldaquin *rose*. Et un collier *rose* avec des perles.

— Vous... vous êtes sûre ? ai-je demandé.

Au moment où les mots sortaient de ma bouche, je me suis sentie complètement idiote. Évidemment qu'elle savait. Elle avait fait huit ans d'études pour devenir vétérinaire.

— Mme Hauser avait dit...

— C'est très difficile à voir sur un chaton qui vient de naître, a expliqué le Dr Lorenzo, et tu l'as eu très jeune. Mais oui, je suis sûre de ce que je dis, Allie. Tu es embêtée parce que tu lui as déjà donné un nom qui est plutôt féminin, c'est ça ? Allie, je peux t'assurer que les chats se moquent complètement d'avoir un nom de fille ou de garçon. Tout ce qui compte pour eux, c'est de savoir que leur maître ou leur maîtresse les aime assez pour leur donner un nom, les nourrir et les garder bien au chaud et en sécurité comme tu le fais.

Là, je n'ai pas pu me retenir. J'ai éclaté en sanglots. Je n'y avais même pas pensé ! Mais c'est vrai, Micha était un nom de *fille* !

— Et alors ? a dit Kevin. C'est très bien, d'être un garçon.

J'étais tellement aveuglée par les larmes que je n'arrivais plus à voir mon petit frère.

— Pourquoi elle pleure, Allie ? a-t-il continué. Moi, j'aime *bien* être un garçon, et je parie que Micha aussi.

Oh, là, là ! En plus, j'avais vexé Kevin. Heureusement que Mark était à son entraînement de foot, sinon lui aussi aurait pu mal réagir.

— Allons, ma chérie, a dit mon père en posant une main sur mon épaule. (J'entendais au son de sa voix qu'il se retenait de rire.) C'est vraiment si gênant que ça pour toi ?

— Non !

J'ai repoussé sa main. J'avais honte de pleurer pour quelque chose d'aussi bête. Mon chaton était un mâle, et alors ? Surtout que tout allait si bien dans ma vie, par ailleurs. Grand-mère était repartie, c'était quand même un soulagement. Rosemary n'essayait plus de me massacrer. Elle avait joué aux Reines avec nous plusieurs fois, et elle était même venue dormir chez moi – elle m'avait invitée aussi à dormir chez elle, sauf que je ne pouvais pas à cause de Micha mais j'avais promis d'y aller dès qu'elle serait assez grande. À l'école, presque plus personne ne m'appelait La Nouvelle. J'étais seulement Allie.

Mais *ça*, maintenant ! Pourquoi arrivait-il *toujours* quelque chose ?

— Je ne pleure pas, ai-je dit. Je... J'ai une poussière dans l'œil.

Je me suis frotté les yeux. Quelle horreur ! Je pleurais devant le Dr Lorenzo ! Elle allait penser que je ne ferais pas du tout un bon vétérinaire.

— Ton frère l'a appelé Micha, a-t-elle dit d'un air songeur. Moi, je trouve que c'est un nom parfait pour ce beau petit chat. Et on dirait que ça lui plaît. Tu entends comment il ronronne fort ?

J'ai cligné des yeux pour chasser mes larmes et j'ai regardé Micha sur la table d'examen. Son poil avait beaucoup poussé depuis deux semaines, tout gris avec des traits noirs et des endroits d'un blanc parfait. *Il* levait vers moi ses yeux bleus innocents et ronronnait, tout content que l'on s'occupe de lui. *Il* ne remarquait pas que j'avais pleuré en découvrant que ce n'était pas une fille. *Il* se moquait bien d'avoir un collier rose (qui était encore trop grand pour lui) et un lit rose. Tout ce qu'il savait, c'est qu'il était un chaton.

Et que j'étais là, moi.

— Micha, ai-je dit.

Il m'a regardé d'un air interrogateur et a fait : « Miaou ? »

— On dirait que ça lui plaît, a déclaré le Dr Lorenzo en riant.

Oh et puis zut ! Qu'est-ce que ça pouvait faire si mon chat mâle dormait dans un lit rose et portait un collier rose ? De toute façon, tout le monde pensait déjà que les Punchie étaient rigolos.

Et il était vraiment *trop* mignon !

J'ai souri et j'ai dit :

— Moi aussi, je crois qu'il aime bien son nom.

Les règles d'Allie Punchie

• Le jour de la rentrée dans une nouvelle école, il faut bien s'habiller, pour que les autres aient envie de faire votre connaissance.

• Il faut manger beaucoup de fibres pour bien digérer ce qu'on mange.

• Aucun enfant du nom de Punchie n'est autorisé à toucher la sonnette, sinon il sera privé de télévision pendant deux semaines.

• Le jour dc la rentrée, on peut aller à l'école avec ses parents. Mais y aller seul, c'est mieux.

• Quand on sait faire des choses impressionnantes, comme se retourner le pouce sur le bras, les gens vous trouvent tout de suite sympathique.

• Quand quelqu'un est tout excité, il faut être tout excité aussi.

• Si, à l'école, des grandes trouvent que votre petit frère est mignon, n'essayez pas de les contredire.

• Quand un adulte – surtout une maîtresse – vous demande de faire quelque chose, ce n'est pas poli de refuser.

• Il ne faut jamais désespérer.

• On ne doit pas mentir aux adultes, sauf pour leur faire plaisir.

• Les croque-monsieur avec du pain complet, c'est dégoûtant.

• Parfois, il n'y a rien de plus énervant qu'un petit frère.

• Pour ne pas donner satisfaction à ceux qui vous embêtent, ne leur montrez pas que vous avez peur d'eux.

• Il est important de se défendre quand on vous embête, surtout le jour de la rentrée.

• Une plaisanterie n'est jamais drôle, si elle blesse quelqu'un.

• On ne doit pas mentir aux adultes.

• Quand quelqu'un a décidé de vous massacrer, le mieux à faire, c'est de se cacher.

• Personne n'aime les vantards.

• Ce n'est jamais drôle quand celui qui a perdu se met à pleurer.

• Quand la mère de votre chaton est en train d'accoucher prématurément chez le vétérinaire et que vous ne savez pas si vous allez avoir un chat ou non, et qu'en plus une fille de votre classe va sûrement vous massacrer si vous vous trompez, c'est difficile de se concentrer sur l'orthographe des mots.

• Les amies – et les Reines – ne laissent pas l'une des leurs se faire massacrer.

• S'imaginer qu'on va pouvoir se débrouiller, et se débrouiller *réellement*, sont deux choses bien différentes.

• Il ne faut pas tout raconter à sa mère. Surtout si à cause d'elle, ça risque d'être pire après.

• Pour résoudre un conflit, il vaut toujours mieux éviter la violence.

• On doit être respectueux quand on parle aux adultes.

• Je suis l'aînée, donc on doit m'obéir.

• Moins vos petits frères en savent sur votre vie, mieux ça vaut pour vous.

• Demandez conseil aux personnes âgées, elles savent tout.

• Ne jamais rien manger avec des tomates dedans, ou dessus.

• Ne jamais manger ce qui vit dans l'eau.

• Ce n'est pas poli de dévisager les gens.

• Dans la cour, il ne faut pas prêter attention à ses frères et sœurs, sauf s'ils saignent ou qu'ils se sont fait mal.

• Quand quelqu'un vous fait un compliment, il faut simplement dire merci.

- Si quelqu'un veut vous massacrer, il faut essayer de retourner la situation.
- Ce n'est pas poli de dire à quelqu'un qu'on trouve son conseil nul.
- À force de se répéter quelque chose dans sa tête, ça se réalise (parfois).
- Une jeune fille bien élevée ne donne jamais de coup de poing.
- Tout le monde fait des erreurs, et tout le monde mérite d'avoir une seconde chance.
- Ce n'est pas poli de répondre « ouais » au lieu de « oui » quand on s'adresse aux adultes.
- On n'insulte pas quelqu'un qu'on a invité chez soi.
- Les chats n'ont rien à faire de la couleur de leur collier.

♥♥♥ Table ♥♥♥

Règle n°1 11
Règle n°2 29
Règle n°3 44
Règle n°4 63
Règle n°5 87
Règle n°6 99
Règle n°7 115
Règle n°8 133
Règle n°9 151
Règle n°10 162
Règle n°11 179
Règle n°12 191
Règle n°13 210

Composition Nord Compo

« Pour l'éditeur, le principe est d'utiliser des papiers composés de fibres naturelles, renouvelables, recyclables et fabriquées à partir de bois issus de forêts qui adoptent un système d'aménagement durable. En outre, l'éditeur attend de ses fournisseurs de papier qu'ils s'inscrivent dans une démarche de certification environnementale reconnue. »

Imprimé en Estonie par Ou Print Best
29-6237-2 – ISBN 978-2-01-628569-5

Dépôt légal 1ère publication avril 2021

Loi n° 49-956 du 16 juillet 1949
sur les publications destinées à la jeunesse.
Édition 01 – mars 2021